TIEMPO DE REDENCIÓN

CUSTODIO
TIEMPO DE REDENCIÓN

 temas de hoy

Edición no venal

© Custodio José Pérez Pérez, 2026

Ilustración de la cubierta: © Pep Boatella
Diseño de la cubierta: Planeta Arte & Diseño
Fotografía del autor: © Javier Ocaña

© Editorial Planeta, S. A., 2026
temas de hoy, un sello editorial de Editorial Planeta, S. A.
Avda. Diagonal, 662-664, 08034 Barcelona (España)
www.planetadelibros.com

Primera edición: marzo de 2026
ISBN: 979-13-87869-73-1
Composición: Realización Planeta
Impresión y encuadernación: Liberdúplex
Printed in Spain - Impreso en España

EL PRIMER DÍA DEL RESTO DE SUS VIDAS

El sol pegaba fuerte en la calle principal y carretera de paso, del apacible pueblo de Juviles, situado en el corazón de la Alpujarra granadina. Bartolo y Agustín ocupaban el único banco a la sombra, que también es la parada del bus, mientras fumaban un cigarro.

A lo lejos se empezó a ver la estela de humo, que iba dejando el ya un poco pasado de años autobús que atraviesa la zona, transportando a los viajeros y turistas que quieren visitarla.

—¿Parará? —preguntó como cada día Bartolo, con gracia, mientras daba una calada al cigarro.

—Para qué —respondió Agustín, haciendo un extraño ruido con la boca, cansado de todos los días la misma pregunta.

Cuando el gran armatoste empezó a ser visible para los dos ancianos, lo miraron con la esperanza de que algún día trajera sangre nueva al pueblo cada vez más vacío. Después del paso de este, recordaron como cada día su vida con nostalgia, y cómo con el paso del tiempo los pocos habitantes que quedan en el pueblo terminarán abandonándolo. Justo cuando estos pensamientos volvían a su mente como cada día, el bus aminoró su velocidad y ambos se quedaron ojipláticos.

—Se habrá equivocado el chófer —comentó hastiado Agustín—, o lo mismo es alguien viene a comprar un jamón —rio fuertemente, ante la ocurrencia, al ver a un joven con un jamón en el autobús.

—¿Quién sabe? —respondió lanzando la pregunta al aire Bartolo, con esperanza.

Cuando este se detuvo frente a ellos, se quedaron mirando cómo se abrían las puertas y una chica morena con gesto de disgusto empezó a bajar las escaleras del bus, seguida de otra chica un par de años más mayor, esta en cambio parecía más contenta. Cuando las dos estaban ya abajo, detrás de ellas apareció un hombre alto y fuerte, un armario empotrado, vamos, trajeado a pesar de las altas temperaturas de la zona, con el sudor corriéndole por la cara y unas gafas de sol que brillaban con el reflejo de este.

Los dos abuelos miraron anonadados a los nuevos visitantes y entonces escucharon gritos que venían desde una de las calles que dan a la principal.

—¡No llego! ¡No llego!

Ambos ancianos se giraron y vieron venir corriendo a Tomás con un montón de papeles en la mano; justo cuando se encontraba a la altura de la parada del bus, una ventolera de aire hizo que estos salieran volando, él empezó a correr para intentar recuperarlos y acto seguido los recién llegados le ayudaron en esta tarea, la cual se volvió muy cómica, ya que algunas de estas hojas hicieron sudar al hombre trajeado mientras soltaba improperios en un idioma que los ancianos no entendían y ellos no paraban de reír a carcajada limpia. No recordaban cuándo fue la última vez que rieron de esa forma, así que debían atesorar ese momento.

Ya con todos los papeles recuperados, Tomás se peinó con la mano los cuatro pelos que le recorrían la cabeza de izquierda a derecha, conectando una grada con otra de la plaza de toros que tenía en la cabeza.

—Bueno, parece que están todos —dijo recuperando el aliento—; os doy la bienvenida al pueblo.

—Gracias —le respondió la chica más mayor emocionada, mientras la otra seguía con su cara por el suelo. Entre tanto, el hombre miraba a ambos lados sin quitarse las gafas de sol.

—Os presento a algunos de los vecinos más ancianos del pueblo —señaló a Agustín y Bartolo.

—Ancianos dice —respondió Agustín, indignado.

—Ya quisieras llegar tú a viejo como nosotros... —siguió Bartolo.

—¡Y con la misma mata de pelo! —soltó Agustín, mientras los dos empezaron a carcajearse del alcalde y ese comentario hizo aparecer una sonrisa en los labios del hombre trajeado.

—Ya, bueno —se excusó Tomás después de la broma, pasándose de nuevo la mano por su brillante cabeza—. Estos son los nuevos vecinos del pueblo, Raluca, Judith y Sergio.

—Serguéi —le corrigió el hombre trajeado, con fuerte acento ruso.

—Eso, Serguéi, perdón. Os voy a enseñar vuestra nueva casa, y el bar que vais a regentar —soltó Tomás decidido, indicándoles el camino—. Por cierto, esta noche hay reunión en la plaza del pueblo para presentar a los nuevos vecinos. —Según dijo esto a los abuelos, emprendió su camino seguido por ellos.

—Parece que vamos a tener algo de entretenta con los nuevos mozos que han venido al pueblo —comentó Agustín.

—Pues sí —respondió Bartolo—, además ha dicho algo del bar, esto no le va a sentar bien a Manolo.

—¡Anda y que le den a ese malafollá! Prefiero tomarme mi carajillo alegrándome la vista con esas mozas.

—Qué dices, pero si tú ya estas más *acabao*... —No acabó la frase Bartolo por el ataque de risa que le dio.

Raluca cogía fuertemente la mano de su hermana, esperando que se animara un poco; Judith no deseaba dejar Málaga si no era para volver a su país, pero no les había quedado de otra. Serguéi las seguía muy serio, Tomás abría la comitiva por la estrecha calle que fue a dar a una gran plaza. En el fondo de esta había un gran edificio, bastante deteriorado por el paso del tiempo, con las banderas de España, Andalucía y Juviles ondeando por este orden en lo más alto de la fachada.

El alcalde los guio hacia la parte izquierda de la plaza, no pudieron evitar echar una mirada hacia la otra zona de la plaza, donde, entre las casas, destacaba un local un poco más grande con un cartel en el que rezaba Bar Manolo. En la puerta del bar una mujer con un moño castaño, vestida con un delantal de raso y unas alpargatas, no paraba de hablar con un hombre alto con barriga prominente, camiseta con el logo de su bar, y cara de estar hasta la coronilla de aguantar la chapa que le estaba dando. Estos, al ver la dirección que estaba cogiendo la comitiva encabezada por el alcalde, se los quedaron mirando sin decir nada. Pero cuando se pararon justo delante del bar cerrado hace ya varios años, a Manolo se le cambió la cara, pósándose en ella un gesto de cabreo.

—Habrase visto, ¿quiénes serán estos? —preguntó Rosario *la Chismes,* que al ver la cara de cabreo de Manolo prefirió volver a su casa sin decir nada sabiendo el humor que se gastaba.

JUVILEÑOS DEL ESTE

Al abrir la persiana del bar, una gran nube de polvo voló hacia Tomás, que empezó a toser a la vez que buscaba un pañuelo en su bolsillo.

—Tiene un poco de polvo. —Salió su voz, a través del pañuelo con el que se tapaba la boca—. Lleva ya un par de años cerrado, pero con un buen limpión...

Raluca entró mirando el lugar con curiosidad, Judith, que seguía cabreada, se quedó en la plaza y Serguéi sí entró pasándose las manos por el traje, intentando inútilmente limpiarlo del polvo que los había atacado al abrir el local.

—Luego lo tendré que llevar a la tintorería —soltó muy serio.

—Algo me dice que te pillará un poco lejos —dijo Raluca riendo.

Después de esto, Tomás le enseñó el bar. El lugar no era muy grande: una barra de madera bastante carcomida lo atravesaba de punta a punta, algunas mesas y sillas coleccionaban ácaros y telarañas por igual, y al fondo había un escenario con una barra de hierro en el centro, la cual llamó la atención de Raluca.

—¡Oh, qué chulo! —exclamó esta—. Hay un escenario, ¡podremos montar algún espectáculo! —gritaba corriendo hacia la barra de hierro, por la que pasó la mano—. ¡Puaj! —soltó con asco al notar una capa pegajosa que la cubría.

—No sé quién habrá dejado esto aquí. —Corrió el alcalde apurado a la tarima, que hacía de escenario, y la barra—. Seguramente lo habrá usado de almacén algún vecino.

—Entonces ¿no nos lo podemos quedar? —respondió Raluca con pena mirando el escenario.

—Claro que sí, mientras nadie lo reclame... —Al decir esto el alcalde, Raluca corrió hacia Serguéi y lo abrazó y este se sintió un poco incómodo.

—Puede quedar muy bien —espetó ella cogiendo a Serguéi del brazo, haciendo que él se pusiera más nervioso.

—Bueno, vamos y os enseño el resto del pueblo y luego iremos a la casa. —Salió el alcalde a la calle, entregándole la llave del local a Raluca.

Al salir del bar, Serguéi echó un vistazo a la plaza y vio como alguien en la puerta del otro bar los fulminaba con la mirada.

—Aquel es Manolo, es el dueño del otro bar del pueblo, esta noche os lo presentaré en la fiesta de bienvenida que prepararemos para vosotros —soltó el alcalde, excusándose para irse rápido de allí.

Después de un pequeño paseo por el pueblo que les dio el alcalde, llegaron a una pequeña casa, con la pared de un blanco que hasta hacía daño a la vista; Tomás les dijo que la habían encalado un par de días antes, cuando supieron de su llegada. Luego se dirigió a la puerta hecha de varios tablones de madera, con un montón de capas de pintura, unas encima de otras, y la abrió invitándoles a pasar. Una vez dentro le dio las llaves a Serguéi.

—Como veis, es una casa humilde, pero creo que os podréis apañar.

—Claro que sí —soltó Raluca emocionada, mientras Judith seguía con la misma actitud.

Le fue haciendo un tour por el lugar, empezando por el salón, al que daba paso el pasillo de la entrada. En él había un sofá triplaza de escay rojo y un gran mueble que ocupaba una de las paredes justo delante del sofá.

—Aquí tenéis varios juegos de vajilla —le iba diciendo Tomás, mientras abría las puertas del mueble y le iba enseñando los juegos de platos, vasos y tazas, con más años que el sol y con motivos de cenefas azules y granadas—. La televisión es una Telefunken, de fabricación alemana.. —Rio mientras daba una palmada en el lateral de esta, la parte de arriba estaba cubierta con un mantelete hecho de ganchillo y la figura de un toro encarando la figura de una bailadora—. Seguidme.

Estos lo siguieron mirando la casa con curiosidad. El alcalde les mostró la cocina, la cual contaba con una placa de gas butano.

—El butanero pasa los jueves —les dijo señalando la bombona, mientras ellos se miraron sin entender a qué se refería.

Prosiguió enseñándoles los muebles que formaban la cocina, los cuales habían tenido épocas mejores y que contenían varias ollas y cazos de color rojo oscuro.

—Aquí tenéis una de las habitaciones, la cama es de

matrimonio, no sé... —dijo Tomás avergonzado, mirando a Serguéi y Raluca.

—Podréis dormir en ella Judith y tú —soltó Serguéi muy serio mirando a Raluca. Ella no respondió, pero sí hizo un gesto de contrariedad.

—Al lado, está la otra habitación —espetó el alcalde al notar la tensión en el ambiente—. En esta, la cama es de noventa.

—Perfecta —sentencio Serguéi, entrando a ver la habitación.

—Bueno, yo os dejo ya para que os instaléis. Esta noche recordad que haremos una fiesta de bienvenida en la plaza del pueblo.

Después de irse Tomás, Serguéi entró en la habitación que se había adjudicado, dejó la maleta sobre la cama y la abrió, sacó el libro que tenía entre la ropa y se quedó mirándolo con nostalgia. *Antología de grandes poetas rusos*, se titulaba, y lo soltó sobre la mesita.

—¿Se puede? —preguntó Raluca desde el marco de la puerta.

—Claro —respondió este, aclarándose la garganta.

—¿Podemos hablar? —le comentó esta sentándose en la cama, e invitándolo a él a que se sentara a su lado—. Mira, no sé cómo abarcar el tema; es un poco complicado —empezó diciendo, mientras lo miraba a los ojos.

—Tú dirás —espetó intentando aparentar indiferencia.

—Después de lo ocurrido en la mansión... —Se frotaba las manos en las piernas nerviosa—. No sé cómo calificar nuestra relación —soltó de golpe.

—Simplemente te ayudé —respondió frío Serguéi; él sentía algo por ella, pero por su pasado no sabía cómo afrontar este tipo de sentimientos.

—Pues muchas gracias. —Se levantó cabreada de la cama y salió de la habitación.

El ruso se quedó mirándola mientras se iba, y se quitó las gafas de sol para secarse una lágrima que recorría su cara. Además de no saber qué hacer ante esta situación, estaba convencido de que no era la persona más conveniente para Raluca. Mientras ella lloraba tirada en la cama de la habitación contigua, su hermana Judith entró en el cuarto y se acercó a ella.

—Tranquila, *sora mea*[1] —le dijo mientras la abrazaba fuertemente y le limpió las lágrimas con su puño—. ¿Me quieres contar algo?

—Todavía no estoy preparada para ello. —Su hermana la besó en las mejillas, pensando que había sido una ingrata con su actitud, después de lo que había pasado Raluca.

—Vamos a dar un paseo.

—Vale —respondió Raluca levantándose de la cama.

—Os acompaño —salió Serguéi de su habitación.

—Lo siento, es un rato de chicas, así que a no ser que te pongas una minifalda y un top no puedes venir —rio Judith ante su ocurrencia, imaginándoselo con este vestuario.

—Tengo que cuidar de vosotras —respondió decidido.

—Ni que nos fuera a atacar una cabra —soltó Raluca, contagiándose de la risa de su hermana.

(1) *Hermana mía*, en rumano.

—O un cabrón, ¿quién sabe? —Judith cogió a su hermana del brazo y salieron de allí.

Según se fueron, Serguéi fue a su habitación y se tiró en la cama. Hizo el amago de coger su libro de poesía, pero se quedó mirando al techo, tenía que trabajar mucho sus relaciones con los demás. Desde pequeño solo había conocido su mundo, del que había escapado hacía poco; no sabía cómo gestionar todo lo que tenía en la cabeza, como los sentimientos que Raluca había despertado en él, lo cual había sido el detonante para dejar atrás una vida llena de sangre y violencia.

Entre tanto, las chicas dieron un paseo por el pueblo, disfrutando del aire limpio de la sierra, aunque el calor era seco y sofocante. Al final llegaron a la plaza y se sentaron en un banco a la sombra. Entonces algo llamó la atención de Judith: un grupo de chicas bailaban una coreografía extraña para ella, al ritmo de la música que salía de un altavoz portátil. Su hermana, que se dio cuenta de cómo las miraba, con esa añoranza en los ojos, se levantó del banco y tiró de ella para levantarse, yendo en dirección a las chicas.

—¡Hola! —saludó Raluca.

Las chicas pararon el baile cuando esta les habló.

—Hola; sois las nuevas vecinas del pueblo. —Le ofreció la mano una de las chicas—. Yo soy Juana, ellas son Susana, María y Paqui. —Señaló a sus amigas, las cuales iban todas vestidas igual, con mallas negras cortas, camisetas con letras en japonés y las fotos de algunos de sus ídolos.

—Yo soy Judith —se adelantó esta y les dio dos besos a todas muy efusiva—. Me gusta mucho lo que estabais bailando, ¿cómo se llama?

—¿No conoces a Twice? —gritó Susana.

—Tía, es *More & more*; está pegando fuerte.

—Perdona a mis amigas —se excusó Juana—. Nos encanta el Kpop, hemos hecho un grupo, ¿os queréis unir? —preguntó con ilusión.

—¡Sí! —pegó un grito de alegría Judith mientras las abrazaba, y todas se quedaron mirando a Raluca.

—Que va... a mí no me liais. —Empezó a mover cómicamente las manos—. Yo soy más de otro tipo de bailes, más sensuales —se rio.

Raluca se sentó delante de las chicas. Mientras estas le enseñaban a su hermana los pasos de baile, pensaba en el cambio de actitud de Serguéi. Cuando estaban en la mansión parecía que sentía algo por ella, pero desde que salieron de allí había cambiado totalmente y se mostraba muy frío.

—Judith, me vuelvo a casa. —Ya llevaban un rato en la plaza, y por los ruidos que hacía su estómago sería la hora de comer.

—¡Yo también! —gritó Paqui mirando su móvil—. Mi padre me mata, son las dos y media. Esta noche nos vemos, chicas. —Todas se abrazaron en grupo, incluidas Judith y Raluca.

Andaban por la plaza riendo, cuando escucharon voces y se giraron para ver de donde procedían. Venían del Bar Manolo, un chico joven de unos diecinueve años salió del mismo gritando muy cabreado, pero en el momento que hizo contacto visual con Judith se quedó petrificado y a esta le pasó lo mismo.

—Vamos, Serguéi nos estará esperando para comer.

—Se enganchó del brazo de Judith, dándose cuenta de la situación y sonriendo.

«Por lo menos mi hermana terminará adaptándose al pueblo», pensó.

Ya estaban entrando en la calle cuando los gritos volvieron a sonar, esta vez en la plaza. Resguardadas por la pared, vieron a aquel chico y al dueño del bar discutiendo.

Entre tanto, Judith estaba ilusionada; no lo veía todo tan negro, aunque echara de menos a sus padres y a Vane. También pensaba en aquel chico que había visto en la plaza, parecía mono; por la noche les preguntaría a sus nuevas amigas por él.

DEL VODKA AL VINO COSTA

Cuando las chicas entraron a la casa, el aroma embriagador de la comida las envolvió, una mezcla de aceite hirviendo, con un fuerte aroma a chorizo y morcilla. Entraron en la cocina y vieron a Serguéi cocinando y de espaldas a ellas. Se había quitado la parte de arriba de su traje, por lo que se veía su musculosa espalda, que Raluca miraba casi babeando, mientras a este le caían las gotas de sudor por la misma. Cuando se dio la vuelta al escucharlas, vieron el delantal de cuadros negros y blancos, estos últimos más bien color crema por el paso del tiempo. Las chicas no sabían si reír o llorar ante la escena, ya que, para colmo, uno de sus pezones sobresalía por la tela.

—¿Qué os divierte tanto, chicas? —Hizo aspavientos en el aire con la rasera que tenía en la mano y estas rieron más fuerte contagiándole a él también la risa.

—Huele de muerte, ¿qué estás cocinando? —consiguió preguntar Raluca.

—El plato típico de la zona. Se llama alpujarreño, consiste en patatas a lo pobre con cebolla, ajo, pimiento verde, chorizo, morcilla, jamón y huevos fritos.

—¿En serio es un plato? Parece comida para un ejército —rio Judith más fuerte—. Eso sí, tiene una pinta tremenda.

Mientras intentaba meter la mano en el plato de jamón que había cortado, Serguéi le dio un suave toque con la rasera, esta se quejó, provocando que Raluca riera más fuerte sujetándose la barriga.

La mezcla de sabores del plato era de otro mundo, pensaba Judith mientras mojaba pan en el aceite de las patatas mezclado con el del chorizo y la morcilla, haciendo un gesto de satisfacción al comerlo. Entretanto, Serguéi cortaba con la navaja otro pedazo del pan redondo, que le había vendido el panadero, bien grande y tierno con mucha molla. En la vida había probado uno igual. Para acompañar la comida abrió una botella de vino Costa que le llevó un vecino; este le dijo que era ecológico y que su nombre se debe a que es elaborado en la Sierra de la Contraviesa, la zona de la Alpujarra más cercana a la costa, y lo producen en sus propias casas sin procesos industriales ni grandes bodegas.

Una vez terminaron de comer, se miraron con las manos en la barriga, con gesto de estar hartos de comer. Serguéi se levantó sin decir nada y quitó los platos de la mesa, Raluca no podía dejar de mirar embobada su torso desnudo y salpicado con algunos tatuajes, parecía moldeado por un escultor.

—¿Sabéis otra cosa típica de esta zona? —iba diciendo Serguéi a la vez que se sentaba en el sofá de escay—. Echar una siesta después de comer, así que tendremos que adaptarnos a ello. —Se tumbó cuan largo era en el sofá.

Raluca y Judith no se lo pensaron mucho; después del pedazo de plato que se habían metido entre pecho y espalda, el sueño estaba empezando a hacer mella.

—¿Sabéis qué? Creo que oigo algo. —Judith ya iba dirección a su habitación—. Es mi cama que me está llamando.

—Te puedes tumbar en la mía si quieres —le dijo Serguéi a Raluca cuando esta pasó a su lado—, para estar más ancha, me refiero. —Y se dio la vuelta en el sofá.

Esta no se lo pensó y fue directa al dormitorio. Su hermana estaba ya acomodada, así que hizo caso a Serguéi y se tumbó en su cama.

Raluca llevaba ya un rato dando vueltas, además de que no paraba de pensar en lo que él le había dicho esta mañana y en lo que sentía por Serguéi; después de lo ocurrido en la mansión durante su secuestro junto a otras chicas no sabía si era amor o síndrome de Estocolmo por el que fue uno de sus captores, el único que estuvo pendiente de ella.

Tampoco ayudaba la pesadez que sentía. Habían comido demasiado, tenía el sabor de la morcilla y el chorizo en la boca, había sido una comida bastante fuerte. Mientras paseaba la mirada por la habitación, en la mesita de noche vio un libro que llamó su atención: *Antología de grandes poetas rusos*. No esperaba esta faceta intelectual de Serguéi, apenas sabía nada de él. Lo cogió y comenzó a ojearlo. Entonces algo llamó su atención, en una página había una anotación en la esquina superior.

Yo lo amé, y en mi alma delirante
Aquel amor no se extinguió quizás.
Mas no tengáis temor en adelante;

No quiero ya afligiros nunca más.
Amé en silencio, lleno de amargura;
Celoso fui, sufrí timidez...
Yo la amé sinceramente con tal ternura,
Cual quiera dios que la amen otra vez.

ALEKSANDR PUSHKIN

Lo leyó varias veces hasta casi memorizarlo. Serguéi había escrito su nombre al lado de este poema, esto confirmaba que algo sentía por ella, o había sentido, no le quedaba del todo claro, pero estas letras le dieron esperanza. Con esta ilusión el sopor se hizo dueño de ella.

—¿Me podéis ayudar? —gritaba Serguéi intentando levantarse del sillón, al que se había quedado pegado, ya que el sudor con la cubierta de escay del sofá había hecho efecto ventosa.

Entre tanto, Raluca y Judith llegaron corriendo y, al ver cómo peleaba para poder levantarse, entre el sofá que lo había atrapado y que seguramente tendría el cuerpo igual de pesado que ellas, no pudieron evitar reírse.

—Lo siento, pero no me puedo agachar para ayudarte —seguía riendo Judith—, porque echo el chorizo y la morcilla.

Cuando consiguió levantarse, empezó a perseguirlas por la casa entre risas, hasta que acabaron en la cocina; Serguéi, que tenía le cuerpo igual de pesado que ellas, buscaba algo en los armarios, mientras las chicas miraban su espalda, sin parar de reír.

—¿Qué pasa? ¿De qué os reís? —se dio la vuelta Serguéi, con un bote de bicarbonato en la mano.

—Tienes un nuevo tatuaje en la espalda —reía Raluca.

—Parece que te han cocido a latigazos —soltó Judith, pero este comentario hizo que Raluca y Serguéi se pusieran serios de repente, al recordar a María Juana y su amor por los látigos—. ¿Qué he dicho? —preguntó sin entender.

—Nada —susurró Raluca cambiando el semblante.

Serguéi automáticamente fue directo a abrazarla y ella sintió su aroma y su fuerza. Ese gesto le reconfortó. Cuando le pasó las manos por la espalda notó como todavía tenía señaladas las costuras y los botones del sofá, y empezó a reír.

Ya estaba cayendo la noche en el pueblo cuando se disponían a salir dirección a la plaza hacia su propia fiesta de bienvenida. Judith se había puesto una minifalda y un top a juego de la ropa que le había dado su amiga Vane antes del viaje; Raluca había optado por un vestido corto que estilizaba su figura amoldándose a sus curvas y Serguéi, con su traje impoluto, entró en la habitación ajustándose los gemelos.

—¿No tienes otra ropa? —Rio Judith—. Siempre vas con los mismos trajes, con este calor que hace podías optar por algo más fresco. —Este no respondió.

—Vamos, que nos estarán esperando.

Raluca repasó a Serguéi de arriba abajo. Ella no opinaba igual que su hermana, el traje le sentaba como un guante, aunque solo de imaginárselo sin él le subía un calor por el cuerpo.

—No irás a ponerte las gafas de sol —le riñó Judith

cuando este se dirigía a cogerlas—; van a pensar que eres un rarito, aunque lo seas —se mofó saliendo de la casa.

Cuando llegaron a la plaza había una gran algarabía, la gente estaba pegada a una barra que habían montado en la puerta del Bar Manolo. El dueño y su hijo corrían para atender a todos los vecinos que entre gritos y bromas no paraban de ponerlos de los nervios. Al verlos llegar a la plaza, Tomás corrió en busca de los tres y los invitó a que se acercaran a los vecinos que allí se arremolinaban y que terminaron rodeándolos.

—Juvileños y juvileñas —alzó la voz el alcalde—, es un placer para mí presentaros a los nuevos vecinos, Raluca, Judith y Sergio.

—¡Serguéi! —gritó Bartolo divertido.

—Eso, Serguéi. También van a abrir el antiguo bar, ya que espero que esto sea solo el principio y que volvamos a ver nuestro pueblo con la vida de antaño —dijo el alcalde con nostalgia.

Todos los asistentes empezaron a aplaudir, menos Manolo, que los fulminó con la mirada, y Rosario *la Chismes* o *la Redes Sociales*, como la llamaba la gente joven. La mujer no paraba de hablarle al tabernero, que no le hacía ningún caso. En la otra parte de la barra, su hijo también aplaudía mirando a Judith, hasta que su padre le miró mal y este paró un momento para hacerle la peseta con el dedo, y seguir dando palmadas más fuertes.

El alcalde los animó a que tomaran algo y Serguéi, decidido, no se lo pensó y fue directo a la barra, posándose ante Manolo.

—Manolo ¿verdad? Yo soy Serguéi. —Le ofreció la

mano que el tabernero miró con hastío. Todo el pueblo los observaba, así que Manolo no la quería liar tan pronto, pero no llevaba nada bien la competencia. El dueño del bar respondió al gesto intentando apretar su mano, a lo que el ruso aumentó la fuerza. Ambos se miraron desafiándose—. Me pones un vodka con dos hielos.

—Lo siento, pero aquí no tenemos esas mariconadas: solo whisky, ginebra, y vino o cerveza del terreno —le respondió.

—Entonces tomaré un vino Costa.

Tomás, al ver la tensión que se estaba fraguando, corrió a intentar que la sangre no llegara al río. Entretanto, Judith, que estaba hablando con sus nuevas amigas, no paraba de mirar al hijo de Manolo. Juana le había dicho que se llamaba Alberto y que estaba soltero o eso creía, ya que acaba de volver de Granada, donde estaba haciendo un FP de cocina. Así que la chica se armó de valor, animada, y fue a pedir.

—Hola, ¿me pones un vino? —Se le sonrojaron las mejillas.

—Necesito tu DNI —rio Alberto—; es broma —le lanzó un guiño—. Judith, ¿verdad?

—Sí, y tú, Alberto.

—¿Ya te lo han chivado las *K-popers*? Son buenas chicas. —Le echó un vino y le dio un papel con él.

Judith volvió con sus amigas corriendo avergonzada, con el vaso y la nota apretada en la otra mano; se bebió el brebaje de un trago y desdobló el papelito. *Espérame a las dos detrás de la iglesia*, ponía. Su corazón empezó a latir fuertemente, apenas conocía al chico de nada, ¿qué hacía?

Le enseñó el mensaje a las demás y estas la animaron a que fuera a su encuentro.

La noche se le hizo eterna a Judith, no paraba de contar los minutos para verse con él, mientras Serguéi y Raluca hablaban con los vecinos. Faltaban cinco minutos cuando Judith miró su móvil y buscó la iglesia con la mirada; sus amigas le dieron un abrazo y le dijeron que se tranquilizara. Ella se armó de valor y, escabulléndose entra la gente, fue al lugar indicado.

La oscuridad reinaba en el ambiente. Oyó un leve silbido y fue hasta donde estaba Alberto.

—Perdona por tanto secretismo —se excusó—, pero a mi padre no es que le caiga muy bien tu familia y... —suspiró— desde que te vi ayer en la plaza estaba deseando conocerte.

«La pelota ahora está en el tejado de Judith», pensó Alberto, nervioso.

—La verdad —hizo una pausa— es que tú también me has llamado la atención, si te parece bien podemos ir quedando para conocernos.

—Me parece bien. Me vuelvo antes de que mi padre me eche en falta, mañana nos vemos a las ocho en el mirador.

Salió de allí corriendo, sin darse cuenta de que Rosario, *la Redes Sociales,* estaba pegada a la pared de la iglesia.

LA MATRIOSKA DEL TÍO SERGIO

Serguéi se ajustaba su corbata mientras esperaba a las chicas; no estaba acostumbrado a llegar tarde a los sitios, todo lo contrario, le gustaba llegar con tiempo, por eso le exasperaba esperar; no comprendía por qué tardaban tanto.

Por fin salieron de casa, él iba con paso rápido en dirección a la iglesia, Raluca y Judith le seguían como podían, luchando por no torcerse un pie, o por no meter el tacón en algún agujero de tantos que había en la calzada, tan irregular; no entendían la prisa que tenía por llegar a misa, no esperaban que fuera tan devoto.

Cuando llegaron no había nadie en la puerta y Serguéi se puso nervioso porque habían llegado tarde. Así que entró con sumo cuidado. El sacerdote ya estaba dando su sermón y casi todo el pueblo le escuchaba atentamente; Serguéi se santiguó y se acomodó en el último banco, echando una mirada acusadora a las chicas cuando se sentaron a su lado.

—Debemos dar gracias también al señor por traernos nuevos vecinos —soltó el cura desde su altura interrumpiendo la misa— y que nos honren con su presencia, aunque vengan tarde —dijo mordazmente al tiempo que algunos de los asistentes se daban la vuelta, las chicas se ponían rojas de vergüenza y Serguéi apretaba los dientes.

Ya acabada la liturgia dominical, los tres salieron los primeros para no cruzarse con nadie. Aunque fuera domingo había que limpiar y preparar el bar para su apertura, así que fueron directos al mismo.

—Bueno, tenemos bastante trabajo. —Serguéi entró en el local.

—Tendremos que cambiarnos primero —espetó Raluca, que llevaba un fresco y colorido vestido.

—Nosotras sí, pero el Zar del sofá no creo que tenga otra ropa. —Según soltó este comentario Judith, las dos hermanas empezaron a reír—. Es coña, vamos a cambiarnos y traigo ayuda —le guiñó un ojo saliendo del local.

Mientras esperaba a las chicas, Serguéi en sus adentros todavía se reía del apodo que le acababa de poner Judith; le estaba costando hacerse a su nueva vida, pero con la ayuda de ellas iba a ser mucho más fácil. El solo había conocido la violencia y la sangre desde muy pequeño, apenas sabía nada sobre cómo mostrar sus sentimientos, sentía que debía aprenderlo todo desde cero. Sin embargo, el rayo de luz que se abrió en su coraza cuando conoció a Raluca cada vez era más grande. Sabía que ella ya era su mundo, pero también sentía que no era bueno para ella. Ese era su dilema.

Estaba inmerso en su tarea de limpiar las sillas y las mesas, cuando un montón de chicas entraron corriendo y pegando gritos.

—Puaj, me quedo pegada al suelo. —Juana hizo una mueca de asco.

—¿Qué esperaba la princesita? —rio Paqui—. Si esto lleva cerrado más de dos años —Todas empezaron a reír.

—Todo sea por el grupo. —María extendió el brazo, gesto que repitieron Juana, Judith, Susana y Paqui, poniendo cada una la mano encima de la otra.

—Somos las *K-popers* serranitas —gritaron todas a la vez.

Serguéi y Raluca empezaron a reír ante la escena.

La mañana de limpieza fue muy fructífera, amenizada con la música que puso Susana en su altavoz, sonaron BTS con *Fake love* o *Idol, Jump o Boombayah* de Blackpink, entre otras.

Serguéi había preparado un tapeo, así que pararon a descansar un poco mientras comían.

—¿Habéis pensado ya un nombre? —preguntó Paqui, mientras cogía una loncha de jamón.

—KGB & Tapas —soltó Serguéi, a quien le había parecido gracioso el nombre—, aunque si tenéis otras propuestas...

—Para nada —empezó a hacer aspavientos con las manos Judith—, por si no nos miran raro ya en el pueblo, con ese nombre nos cierran al primer día, o se creen que vamos a secuestrar al cura o al alcalde. —Todos rieron—. Ya puestos: Putin y tapas.

—¡Qué bueno! —Serguéi se limpiaba las lágrimas de la risa.

—¿Lo dices en serio? —dijo como pudo Susana—. ¿Qué os parece Vodka y Olé? —Las carcajadas volvieron a llenar el local.

—O la Zarzuela del Zar —consiguió decir Juana.

—Me gusta. —Se intentó poner serio Serguéi y todas lo fulminaron.

—Ya, en serio, tengo el nombre perfecto. —Raluca cogió aire—: La Matrioska del tío Sergio.

—Oh, no, ese no —soltó Serguéi, sin poder contener la risa. En realidad, pensó que era un buen nombre, tenía fuerza y era gracioso, ya que Tomás siempre le llamaba así.

—Es perfecto —gritaron las chicas al unísono, mientras se sujetaban la barriga que les dolía de tanto reír.

—Pues decidido, entonces —sentenció Serguéi, le gustaba el nombre.

Ya por la tarde, el local quedó listo para abrir al día siguiente, los tres tenían claro que iban a tener que trabajar mucho, cada uno tenía su idea para hacer un local totalmente diferente.

—Yo me tengo que ir ya. —Judith miró su móvil; eran las siete de la tarde—. De todas maneras, está ya casi todo listo...

Sus amigas se pegaron a ella y cuchichearon algo entre risas. Raluca y Serguéi las observaban pensando qué tramarían. Los dos estaban contentos por ella, al final se estaba adaptando al pueblo. Cuando le dijeron antes de salir de Málaga cuáles eran sus planes, ella se negó. Quería volver a Rumanía o quedarse allí con Vane, pero ninguna de las dos opciones eran seguras para ella. Aberash había conseguido un buen trato con la Justicia y la Policía, pero tenían que aguantar unos meses. La cosa pintaba para largo.

—Muchas gracias por todo. —Raluca abrazó a las chicas una vez hubieron acabado.

—No es nada —espetó Juana.

—Ya nos lo cobraremos en copas. —Rio Susana.

—Mientras me enseñéis el DNI no hay problema, ¡vodka para todas! —se carcajeó Serguéi.

—No nos lo digas dos veces —gritó Paqui.

No paraban de reír, cuando escucharon alguien carraspear en la puerta del local.

—¿Perdón? —Había un hombrecillo pequeño, todo vestido de negro y que, como el alcalde, también era donante de pelo—. Soy don Anselmo, el párroco.

—Encantado —Serguéi corrió a darle la mano—, perdónenos por llegar tarde esta mañana. —Echó una mirada reprobatoria a Raluca, que se puso colorada.

—No pasa nada, lo importante es que habéis acudido a la casa del señor, solo quería presentarme y decirles que me tienen para lo que necesiten. —Según dijo esto saludó a las chicas desde la distancia y se fue.

—Parece simpático. —Serguéi fue hacia donde se encontraban las chicas.

—Si tú lo dices, nos es malo, pero... —empezó a decir Juana.

—Está un poco *pallá*. —Rio Susana.

Serguéi y Raluca las miraron como si no entendieran lo que decía.

—Es un poco rarito —sentenció Paqui, haciendo un gesto con el dedo en la cabeza, lo que hizo que todos empezaran a descojonarse de risa.

Entretanto, Judith ya salía arreglada de casa corriendo hacia su cita, iba justa de hora, por más que se lo propusiera siempre le pasaba igual. Pensaba en ello mientras aligeraba el paso y no se dio cuenta de que alguien la seguía.

Cuando al fin llegó, admiró el lugar mientras iba cogiendo un poco de aire. Entró en un gran albergue que daba paso a un amplio mirador. El suelo era un manto de hierba que en verano estaba más amarilla que verde, había varias piedras que hacían de asientos, y, mientras buscaba con la mirada a Alberto, pudo deleitarse con las vistas. El chico le hizo un gesto con la mano para llamarla, se encontraba echado en uno de los muretes de piedra que conectaban las vigas de madera redondeada que hacían de baranda para evitar caerse.

—Hola —saludó Judith, acercándose—, perdón por hacerte esperar, pero estábamos limpiando el bar y se me fue el santo al cielo.

—No pasa nada —dijo yendo a su encuentro—, la espera ha valido la pena.

Él le dio dos besos en las mejillas, haciendo que a esta se le subieran los colores.

—Vamos hacia allí —le hizo un gesto hacia la baranda.

—Oh, qué bonito —exclamó al acercarse para mirar aquel bello y vasto paisaje de Sierra Nevada, así le dijo Alberto que se llamaba, y también podían contemplar las Sierras de la Controversia o la Sierra de Gádor.

Embelesados por la naturaleza, Judith le contó un poco sobre su propia historia; lo que pudo, ya que Aberash les había advertido que no podían hablar con nadie sobre lo ocurrido desde que las secuestraron porque los podrían encontrar. Alberto, entretanto, le contó que hace tiempo decidió ir a estudiar a Granada, ya que la relación con su padre no era muy buena; este quería que se quedara con el bar, pero estaban siempre enfrentados. Cuando se lo contó la tristeza se dibujó en su rostro. Judith estaba segura de que había algo más, pero al igual que ella pensó que ya se lo contarían; por ahora se estaban conociendo. Ella, al ver cómo había cambiado su estado de ánimo, lo abrazó, él agradeció el gesto y en el momento que sus miradas se cruzaron, Alberto no se lo pensó y le dio un suave beso en los labios.

De nuevo, la Redes Sociales asistía a la escena escondida detrás del albergue. Los había escuchado quedar el día anterior mientras permanecía escondida en la pared de la iglesia. Debía contárselo a Manolo cuanto antes.

LA GRAN INAUGURACIÓN

—Así como te lo cuento, Manolo —cotorreaba Rosario.

—¿Dices que los viste hablando detrás de la iglesia? —preguntó este sulfurado, mientras la vena de su cuello empezaba a hincharse.

—Y no solo eso —siguió hablando con precaución por cómo pudiera reaccionar—. Ayer en el mirador —hizo una pausa dramática— los vi muy acaramelados besándose.

—¡Me cago en *to*! —gritó mientras lanzaba al suelo el vaso que estaba fregando, haciéndose este añicos. Rosario dio un pequeño grito. Sabía que él podía reaccionar así, tan alterado, pero era necesario para su plan—. Este niño se va a enterar, cuando lo pille juntándose con la hija de esos malditos ruskitos.

—Tengo un plan —soltó ella, convencida, llamando su atención.

Mientras tanto, Serguéi, Raluca y Judith estaban en su casa, nerviosos. Se preparaban para ir al bar, ese día era la fiesta de inauguración y todo tenía que salir perfecto.

—Vamos ya para el local. —Serguéi estaba listo para salir—. Debemos tener cuidado con Manolo, algo me dice que no le caemos en gracia y a lo mejor nos tiene alguna preparada.

—No será para tanto —espetó Judith, pensando en su beso del día anterior con Alberto—; después de todo, él es del pueblo y nosotros acabamos de llegar, es normal que recele un poco por la competencia que le podamos hacer.

—Es algo más; yo creo que ese tío tiene algo contra nosotros, se lo noté en los ojos desde el principio.

—No hay que ser así de desconfiado, después de todo ahora mismo somos unos extraños para los vecinos, ¿no crees? —dijo algo sulfurada.

—Tranquilos —se interpuso Raluca, en medio de los dos—; ambos tenéis parte de razón, como dice Judith somos nuevos y tenemos que amoldarnos a la vida del pueblo, y tal como afirma Serguéi, Manolo no nos lo va a poner fácil —sentenció, invitándolos a salir de la casa.

Los tres caminaron en total silencio por las calles del pueblo hacia la plaza. Una vez llegaron allí estaban las *K-popers* en la puerta del local. Serguéi miró hacia el bar de la competencia, en la entrada del mismo no había nadie, lo que le pareció sospechoso, pero siguió a lo suyo.

Las chicas habían preparado un gran letrero provisional en una lona, que colgaron encima de la entrada del bar. Ponía *La Matrioska del tío Sergio*. Serguéi lo admiraba con orgullo allí colgado antes de entrar.

Raluca se metió en la cocina a preparar tapas, Judith ensayaba con sus amigas nuevas coreografías, mientras Serguéi se preparaba un café, familiarizándose con la máquina.

—A los *güenos* días, mozo. —El ruso se giró, ante él tenía a sus primeros clientes, que no eran otros que Agustín y Bartolo—. ¿Me pones un sol y sombra?

Serguéi los miró con los ojos como platos.

—Que sean dos —sentenció Bartolo—. ¿Y la moza que iba contigo no está por aquí? —preguntó este, curioso, a lo que Serguéi sintió una punzada de celos.

—¿Un sol y sombra? —le contestó enigmático, intentando recomponerse.

No le sentó mal que preguntaran por Raluca, después de todo Bartolo no tenía maldad, solo era un poco golismero,[1] como decían en el pueblo.

—Una copa de coñac con anís —rio Bartolo.

—Ah, vale. —Este cogió ambas botellas, las puso sobre la barra, fue a buscar los vasos y como le había dicho una copa, cogió un par de copas para el vino.

—¡Onde vas! —Rieron ambos abuelos al ver las copas—. Con una de esas nos tenéis que recoger con una espátula del suelo.

Serguéi se rio ante la ocurrencia de los abuelos y fue a buscar un vaso más pequeño, volviendo con un par de vasos de chupito.

—¡Tampoco es eso! —se carcajeó Tomás—. Con este no tenemos ni para el hoyo de una muela. —El ruso no sabía si le estaban tomando el pelo—. Anda, trae un vaso de esos de la caña de cerveza, y nos lo llenas hasta la mitad.

Ya con los dos vasos y siguiendo las indicaciones de

(1) Persona curiosa, metiche.

los abuelos preparó los dos sol y sombra; Raluca, que había escuchado las risas de los abuelos, se asomó.

—Ven aquí, moza —la llamó Agustín—. No os asustéis de las gentes del pueblo, como somos pocos vecinos, nos gusta conocernos todos y enterarnos de todo; para qué os voy a engañar.

—Eso tú, que eres un golismero —sentenció Bartolo.

—Déjame seguir que me pierdo. —Volvió a lo que estaba diciéndoles—. No lo hacemos con mala fe. Supongo que algo hay entre vosotros, se os nota a los dos, simplemente no quiero que os molesten mis comentarios, pero es que la moza está muy bien, así que no la dejes escapar. —Le guiñó un ojo a Serguéi, Raluca se rio y se puso colorada, por lo que volvió a la cocina.

El resto del día siguió sin contratiempos en La Matrioska del tío Sergio, con el paso de curiosos por el local, incluso de Tomás, el alcalde, al cual le hizo gracia el nombre y ser en parte el culpable del mismo; aunque lo que todo el pueblo esperaba expectante era la fiesta de inauguración.

Mientras, en el Bar Manolo, el dueño echaba chispas. Además de lo que le contó Rosario, no había entrado un solo cliente en todo el día. La Redes Sociales le dijo también que tenía un plan, y que no debía decirle nada a Alberto de lo que le había contado, ya que le vendría bien tener ojos en el bando enemigo. Manolo llevaba todo el día sin dirigirle la palabra, cosa que al muchacho le escamaba, ya que a estas alturas en un día normal ya habrían discutido mínimo un par de veces.

Después de la hora de la cerveza o el vermú, según al vecino que le preguntaras, las chicas fueron a casa a descansar un poco, Serguéi se ofreció a seguir tras la barra y a descansar cuando volvieran estas.

A eso de las cuatro de la tarde, cuando el sol caía a plomo sobre la plaza y solo se escuchaba el canto de las chicharras, un par de chavales desaliñados, con ropas bastante pasadas y fumando *hierbabuena*, hicieron acto de presencia. Al mirar la lona colgada esa misma mañana, el nombre del bar les produjo un ataque de risa.

—Buenas, compañero —soltó uno de los chicos llamando la atención de Serguéi, que leía un libro en la otra esquina de la barra.

—¿Qué va a ser, camaradas? —Este les guiñó un ojo con gracia.

—Yo quiero un trifásico —respondió el que primero había hablado.

—Yo un té de hierbas —afirmó el que justo había tirado el cigarro de la risa antes de entrar.

—Solo tengo este —espetó Serguéi enseñándole la caja de té—. Creo que de las hierbas que quieres no tengo. —La broma hizo partirse de risa a la extraña pareja.

—Me va bien —logró decir el aludido—; creo que, si no, no podría volver a los Berchules.

—Es el pueblo vecino ¿verdad? —preguntó Serguéi, mientras les preparaba las bebidas calientes.

—Mismamente —respondió el primero, mientras Serguéi le servía el café.

—¿Brandy, ron o Baileys? —preguntó el ruso, al cual ya le habían explicado que el trifásico o café con premio era una taza del mismo con licor.

—Sorpréndeme.

El ruso no se lo pensó y, cogiendo una botella de Smirnoff, regó generosamente el mismo y luego le agregó leche condensada.

—Café, tío Sergio.

—Buenísimo —expresó el chico al probar el primer trago—, valió la pena el paseo hasta aquí.

—¿Cómo *paseo*? —preguntó Serguéi, ya no solo por la distancia del pueblo, si no por las horas y la que estaba cayendo.

—Solo fue una hora —rio el otro muchacho mientras daba un sorbo al té—, así bajamos la comida y nos fumamos un cigarro. —«Qué loca está esta gente», pensó el ruso—. Por cierto ¿qué leías cuando llegamos?

—Ah. —Serguéi fue a por el libro—. Una antología de poemas rusos.

—¡Cómo mola! Léenos alguno —espetó emocionado el del café.

Serguéi lo pensó y se dijo «¡qué diablos!», así que abrió el libro por uno de sus favoritos.

—Voy con unos versos de Ósip Mandelshtam. —Se aclaró la voz y comenzó:

He regresado a mi ciudad,
la que conocí hasta las lágrimas,
la que guardaba tu sombra
en cada esquina.

Camino sus calles
como quien toca un cuerpo ausente.
Todo sigue en su sitio,
menos tú.

Y sin embargo,
en el temblor del aire frío,
algo de ti respira todavía,
como un eco que se niega a morir.

Los chicos, impresionados no solo ante las palabras que leyó Serguéi, sino también por el sentimiento que él mismo había puesto en ellas, empezaron a aplaudir. Raluca lo había escuchado todo emocionada desde la puerta, después de limpiarse las lágrimas entró en el bar cargando una mochila.

Serguéi, al verla entrar, se quedó anonadado, ya que había pensado en ella mientras leía el poema; para él, ella era su musa; lo que sentía por ella, y no expresarlo, era su infierno. Muerto de vergüenza por el momento, una vez la chica se hizo cargo de la barra, él se fue con la excusa de descansar para la fiesta de la noche.

Poco a poco cayó el día y el local se fue llenando; casi todo el pueblo estaba presente, hasta don Anselmo el cura, solo faltaban Manolo, Rosario y Alberto, este último por miedo a la reacción su padre, que en todo el día no había dicho palabra y no por falta de ganas de ir.

La noche corrió con tapas de *pierogi*,[2] *sarmale*,[3] jamón serrano y queso de cabra, todo esto preparado con cariño por Raluca y regado con vodka. El ambiente de fiesta era total. Cuando las luces del local se apagaron y empezó a

(2) Empanadillas polacas.
(3) Rollitos de col rumanos.

43

sonar la potente guitarra de Angus Young en los primeros acordes de *Highway to hell*, un foco se encendió en el
escenario al lado de la barra.

Raluca apareció en el escenario vestida con un panta-
lón muy corto y un top deportivo a juego, cosa que hizo
que la muchedumbre del local empezara a gritar de emoción y a silbar, mientras Serguéi notaba una mezcla de celos y curiosidad apoderándose de su cuerpo. En cambio,
don Anselmo salió corriendo muy indignado al verla sobre el escenario.

Ella, ajena a todo lo que estaba pasando, empezó a bailar con la barra como compañero de baile, como si esta
fuera una extensión más de su cuerpo; se movía grácilmen-
te para deleite de todo su público, que no paraba de aplaudir cada movimiento medido de la misma demostrando su
destreza. El ruso la admiraba, soñando con ser el compañero de baile, viendo cómo ella se impulsaba apretando
con sus fuertes piernas en la barra. Con el cuerpo boca
abajo, Raluca tan solo necesitaba la fuerza de sus abdomi-
nales para elevarse, cosa que hizo salivar al ruso.

—¡Un antro de pecado! —gritaba don Anselmo por la
plaza corriendo hacia la iglesia mientras abrazaba fuertemente la cruz que llevaba en el cuello.

Todo había salido a pedir de boca, tal y como Rosario
había imaginado, así que la mujer fue en busca del párroco.

TEAM JAMÓN

Don Anselmo apenas había dormido. Llevaba toda la noche dando vueltas en la cama después de lo que había visto en aquel antro de pecado. Recordó cuando Tomás le pidió aceptar a los nuevos vecinos con los brazos abiertos sin contarle nada sobre ellos, solo que era alto secreto, que era un hombre ruso y dos mujeres rumanas. Él, como buen cristiano, les recibió con los brazos abiertos, pero todavía no conseguía borrar la imagen de Raluca casi sin ropa, mientras la gente del pueblo la jaleaba.

De madrugada le llegó un wasap de Rosario:

Don Anselmo, vi cómo salió hoy
escandalizado del local, el que me
niego a nombrar, solo sé que esta
gente no traerá nada bueno a
nuestro pueblo. Mañana nos vemos
en el Bar Manolo sobre las 10,
tenemos que hablar.

Esto le dejó con la incógnita. «Qué trama esta mujer, no es mala persona, demasiado cotilla quizás pero poco más, es buena cristiana», pensó.

Al día siguiente, cuando faltaban poco para las 10, el cura salió decidido de su casa, que estaba al lado de la iglesia, no sin antes coger la botella que había preparado el día anterior. No sabía qué le contarían, pero no podía consentir que pervirtieran a los vecinos del pueblo. Emprendió su marcha con paso rápido y, justo cuando pasaba por la puerta de La Matrioska de Sergio, sacó el agua bendita y la vertió por la acera. En ese momento salió Serguéi a tomar un poco el aire y vio que había tirado el agua, pero pensó que sería alguna costumbre para traer buena suerte al local o algo parecido. No se había dado cuenta de lo que había sucedido ayer con el párroco.

—Buenos días, don Anselmo —le saludó, afable.

—¡Vade retro! —gritó este a la vez que salía corriendo hacia el Bar Manolo.

«Es verdad que es un poco raro el cura», pensó el ruso, entrando de nuevo en el local. En el de Manolo, Rosario tomaba un café sin pronunciar palabra, cosa que le extrañó al dueño porque en la vida la había visto más de cinco minutos callada, hasta que don Anselmo entró como una exhalación, yendo directo hacia el tabernero.

—Agua —consiguió decir entre jadeos.

Manolo, sin saber qué pasaba, le puso un vaso que este bebió de un trago.

—Bueno, ya que estamos todos podemos empezar la primera asamblea del *team* jamón. —El párroco y Manolo miraron a Rosario sin entender nada—. ¿Os gusta el nombre? Tenía que buscar algo pegadizo; a ellos los he bautizado como el *team vodka*. ¡Esto es la guerra! —gritó sulfurada.

Manolo seguía sin entender nada; el cura la miró con preocupación.

—¿La guerra has dicho? —repitió don Anselmo asustado, a la vez que se levantaba del asiento para irse.

—Tranquilo, padre, siéntese; es una forma de hablar. Saca un plato de jamón y pan tostado con aceite, que tenemos que hablar.

Al escuchar esto último, el cura se dio la vuelta y se sentó de nuevo. El jamón de Juviles era su debilidad, no había otro igual.

—¿Cómo? —preguntó Manolo malhumorado.

—No seas así, es por la causa —le respondió Rosario.

—Eso mismo —afirmó el cura mientras la boca se le hacía agua.

Al rato, Manolo volvió con un plato con algunas lonchas de jamón, finas como el papel de fumar y tres tostadas con aceite y tomate que soltó en la barra delante de los únicos comensales que allí había. Lo que ninguno de los tres sospechaba es que alguien escuchaba desde el almacén.

—¿En serio? —Rosario cogió una loncha e intentó mirar a través de ella al tabernero, como diciéndole que un poco más y se transparentaban. Este le respondió con un gesto hosco, por lo que se cayó y empezó a ponerlo en la tostada—. Como os iba contando, esto es la guerra. —Al párroco le pilló pegando el primer bocado de la deliciosa tostada, lo que hizo que la comida se le fuera por otro sitio, y empezara a toser—. Tranquilo, don Anselmo, que no es robado —rio esta.

—Ah, no —aseveró Manolo—. Aquí nadie ha soltado un duro y con la causa no se pagan las facturas.

—Cómo eres, Manolo —se excusó esta—. Evitaré pronunciar esta palabra otra vez, la cosa es que esos ruskitos no van a traer nada bueno al pueblo, ya me enteré del espectáculo de esa, bailando en paños menores, todos borrachos como cubas jaleando, y encima la más pequeña está pervirtiendo a nuestros jóvenes. —Ese comentario sentó como un puñal a Manolo al pensar en su hijo Alberto, era lo único que le quedaba en la vida y por lo que le seguía el juego a esa loca—. Tenemos que trazar un plan para hacer que se vayan del pueblo —sentenció Rosario con una sonrisa en la cara, al ver que el tabernero la miraba con atención.

Nada que ver con lo que se vivía en el local del otro lado de la plaza.

Más tierna es la pasión, más temerosa
Cuando, fugaz, la vida ya declina...
¡Alumbra, luz, alumbra generosa!
¡Último amor, aurora vespertina!

Serguéi cogió aire para seguir recitando. Era la primera vez que lo hacía en público, sin contar los dos chicos de ayer, quienes por lo visto habían corrido la voz, y en ese momento había una veintena de personas observándolo en silencio mientras recitaba, además de Raluca, que lo miraba embelesada.

No importa que la sangre no caliente,
Si el corazón no pierde la ternura...
¡Último amor, ocaso refulgente,
Eres solaz y eres desventura!

Los aplausos llenaron el local y la emoción le llenó el cuerpo; fue entonces cuando dirigió su mirada hacia la camarera y vio cómo esta se limpiaba las lágrimas. Al ver que este la miraba, fue hacia la máquina de café y se puso a prepararse uno para darse la vuelta y disimular. El poema que había recitado Serguéi le había llegado al fondo del alma, y le había hecho subir los colores, ya que suponía que lo recitaba pensando en ella.

—Este bonito poema es de Fiódor Tiútchev, maestro del lirismo filosófico y la contemplación de la naturaleza —dijo Serguéi, palabras que despertaron un nuevo aplauso del público y le animaron a seguir recitando.

Una vez pasó la tarde de poesía rusa, los asistentes fueron saliendo del bar, no sin antes felicitar a Serguéi y diciéndole que volverían sin duda. Este, henchido de orgullo, volvió a la barra. Tenían que preparar todo para el espectáculo de esta noche.

—Me han gustado mucho los poemas que has recitado —le dijo dulcemente Raluca, que creía, no, que estaba casi segura de que ella era su musa, pero no sabía cómo preguntarle, sobre todo después de la negativa que ya había recibido de él.

—Gracias —le respondió el ruso con una sonrisa dulce.

—Te quería preguntar... —La chica se apretó las manos, nerviosa—. ¿Piensas en alguien mientras recitas?

Esa pregunta noqueó a Serguéi, ya que se dio cuenta de que había ojeado su libro, y puede que hubiera encontrado las anotaciones que había hecho en él con su nombre.

—No te puedo engañar más, ni puedo seguir haciéndolo a mí mismo. —Se puso serio—. Tú eres mi musa y pienso en ti cada vez que recito un verso. Tengo un problema a causa de mi pasado. —Al decir esto la tristeza se apoderó de su mirada—. Raluca, no sé cómo expresar sentimientos como la alegría o el amor, además también pienso en las circunstancias en las que nos conocimos...

Raluca lo abrazó, aunque ella pensaba lo mismo sobre esto último, porque la forma en que se conocieron y cómo se fue forjando su relación le hacía dudar si aquello que sentía por él era real.

—Quiero que sepas que yo también siento algo por ti —respondió ella aclarándose la voz—. No tengo claro qué es, pero si quieres nos podemos dejar llevar y probar. —Después de esta insinuación un brillo de esperanza ocupó la mirada de Serguéi—. Te prometo que iremos poco a poco, me puedes contar lo que quieras.

El ruso se quedó serio mirándola.

—Un momento —dijo, entrando en la cocina.

Raluca se quedó allí parada; no entendía nada, se acababa de declarar y él se había ido. Un minuto después volvió con un libro en la mano y se lo entregó. Ella leyó el título: *Crimen y castigo*. «Es un tochazo de esos que, si te aporrean con él en la cabeza, te dejan medio tonta», pensó la propia Raluca.

—Para mí no es fácil expresarme, así que te propongo una cosa: lee este libro. Desde que te conocí la culpa me invadió por todo lo que hice en mi pasado. Si cuando lo leas, sigues pensando que sientes lo mismo por mí, no solo te diré que te quiero, si no que te juraré amor para toda la vida.

A Raluca este trato le pareció muy extraño, pero si tenía que leer este libro para tenerlo para ella, lo haría.

—Trato hecho, pero... antes de nada necesito probar tus labios. ¿Qué te parece si sellamos el trato con un beso? —Según dijo esto, Serguéi se lanzó a por sus labios, atacándolos con avidez mientras ella se dejaba hacer y sus lenguas empezaron un loco juego.

—Si interrumpo, me voy —tosió Judith desde la puerta, luego empezó a reír. Su hermana corrió a la cocina avergonzada, y el ruso entretanto se puso a recoger las tazas del café.

Al ver cómo reaccionaban hizo como que no había visto nada, pero se alegraba mucho por ellos. Aunque lo que realmente le preocupaba era poder prepararlo todo a tiempo para la noche, ya que estaba muy nerviosa.

De nuevo, La Matrioska de Sergio se llenó hasta la bandera, la gente estaba deseando ver qué espectáculo tendrían preparado. Cuando las luces del local se apagaron y empezaron a sonar los primeros acordes de *lalalala* de Stray Kids, la luz se posó en el escenario. Las *K-popers* serranitas estaban todas colocadas en fila de forma que solo parecía que había una, que era María. De repente empezaron a moverse hipnóticamente, lo que hizo que el público enloqueciera con cada movimiento de la coreografía perfecta que habían preparado.

Judith solo deseaba que Alberto la pudiera ver bailando, pero sabía que era difícil, ya que su padre lo controlaba; de todas formas, siguió con la coreografía como si él estuviera allí, pendiente de ella.

Al acabar, las chicas bajaron del escenario con la adrenalina a tope mientras todos las felicitaban. Entre el público, alguien con una gorra y unas gafas de sol que le tapaban media cara se acercó a Judith y le hizo un gesto para que la siguiera; ella por la fisionomía sabía que era Alberto, así que lo siguió sin pensarlo detrás del escenario.

—¿Qué te ha parecido? —le gritó loca de emoción, sabiendo que la había visto bailar.

—Me ha gustado mucho. —La abrazó, pero ella notó que estaba raro.

—¿Qué te pasa? —preguntó preocupada—. ¿Es por tu padre?

—Uf, a ver cómo te lo cuento, no sé por dónde empezar...

En ese momento irrumpió Serguéi detrás del escenario para felicitar a Judith por baile, y la cara le cambió totalmente al ver al hijo de Manolo con ella.

TEAM VODKA

—¿Qué hace este aquí? —preguntó Serguéi, señalándole con el dedo y demasiado enfurecido.

El ruso se acercó a Alberto y el joven comenzó a temblar.

—Espera, tiene algo importante que decirnos —respondió Judith interponiéndose entre ambos.

—Bueno —empezó a decir el chico—, esta mañana he escuchado una conversación entre la Redes Sociales, el cura y mi padre; están tramando algo contra vosotros, Rosario decía que era la guerra.

—¿Así que esto es lo que quieren? Pues nada, que empiecen —sentenció Serguéi, más serio.

—Se hacen llamar el *team jamón* —terminó de contar Alberto, asustado por la dureza de la mirada del ruso ante esta última afirmación.

—Entonces somos el *team vodka* —afirmó Raluca, que estaba escuchando—. Ahora vamos todos a currar, que esto está a tope.

Acto seguido, todos fueron a echar una mano tras la barra, Alberto incluido, ya que la gente jaleaba ante el ambiente de fiesta. Mientras tanto, en el Bar Manolo, el *team* jamón preparaba cuál sería su primera jugada.

Una vez acabada la agotadora jornada, Serguéi y Raluca se quedaron limpiando; el local parecía sacado de una escena de la típica película americana de adolescentes después de una fiesta brutal.

—¿Qué opinas de Judith y Alberto? —preguntó Serguéi con curiosidad a Raluca.

—¿A qué te refieres? ¿A si tienen algo? ¿O a si esto puede complicar las cosas con Manolo?

—A ambas. A pesar de que son jóvenes con la cabeza bien amueblada, y que parece que saben tomar buenas decisiones, no sé qué puede pasar.

—Veo que estás consiguiendo demostrar un poco tus sentimientos, y que, aunque creas que eres como Raskólnikov,[1] por la pesada carga que llevas de tu pasado, tú eres como un gran osito achuchable.

Esas palabras enternecieron a Serguéi. Le gustó pensar que ella estaba leyendo el libro y que había pillado el símil de su pesada carga con la del protagonista. Una lágrima luchó por salir de sus ojos, deseaba besarla hasta que ambos perdieran el aliento, pero él mismo había puesto los límites. Solo tenía que esperar a que terminara el libro y después le contaría su pasado tal y como Raskólnikov hizo con Sonia,[2] con la diferencia de que él sí tenía muy claro lo que sentía por Raluca.

(1) Protagonista de *Crimen y castigo*.
(2) Personaje de *Crimen y castigo* por el que el protagonista tiene sentimientos encontrados; unas veces amor, otras pena y a veces no los sabe explicar ni él mismo.

—Espero que disfrutes de la lectura del libro. —Fue lo primero que se le ocurrió decir—. Una vez lo acabes, cumpliré mi palabra.

Le lanzó un guiño sensual a la vez que seguía recogiendo aquella pocilga, por llamarlo de alguna manera, llena de vasos y platos por todos lados, con el suelo pegajoso y repleto de cáscaras de pipas y maní.

Mientras, en casa de ellos, Judith y Alberto se miraban uno a otro sentados en el sofá; poco a poco iban teniendo claro lo que sentían el uno por el otro, pero había otra cosa que les preocupaba y que podía traer consecuencias funestas.

—No sé cómo puede acabar esto... —Judith se movió en el sofá para mirar a los ojos a Alberto, que tenía la misma expresión de preocupación que ella.

—Lo sé y creo que deberíamos actuar para que la sangre no llegue al río. —Ella al escuchar esto se asustó y él empezó a reír—. Es una expresión típica de aquí —consiguió decir entre risas—; mi padre, a pesar de su carácter fuerte, no mataría ni a una mosca, solo que lo pasamos muy mal y cada uno se encerró en su mundo. — Y la tristeza se apoderó de su rostro.

—Tranquilo —Judith lo abrazó—, ya me lo contarás cuando estés preparado. —Y lo besó tiernamente.

Pero tras aquel beso no pudo evitar pensar en cómo se las podría gastar Serguéi. Nadie salvo ellas sabía de su pasado en la *bratva*. Haber pertenecido a la mafia rusa debió de marcarle.

El sol empezaba despuntar en la plaza, el canto de los pájaros llenaba el ambiente. Bartolo y Agustín caminaban plácidamente a La Matrioshka del tío Sergio en busca de su copa mañanera.

—A los *güenos* días, mozo —saludó Bartolo sentándose en su habitual taburete.

—¿Lo de siempre? —preguntó Serguéi, más serio de lo habitual, ya que no paraba de darle vueltas a lo que Alberto les había contado.

—Ea —respondió Agustín—, ¿qué te pasa hoy? Estás más serio de lo normal y mira, tampoco es que normalmente seas la alegría de la huerta... —Los dos abuelos empezaron a reír, pero el ruso seguía con el mismo semblante.

—¿Es *por lo de la fiesta andaluza*? —preguntó Bartolo.

—¿Qué fiesta? —respondió el ruso.

—La que monta el domingo Manolo, tiene un cartel en la puerta del bar.

Sin pensárselo dos veces, Serguéi salió a la calle hecho una furia y vio el cartel: *Próximo domingo, después de misa, fiesta andaluza con tapas especiales y música de la nuestra.*

—¡Así que esas tenemos! —soltó furioso mientras entraba en su bar.

—No sabemos lo que está pasando, hablo en nombre de los dos si te digo que nos tienes aquí para lo que haga falta —dijo Bartolo.

Viendo su reacción, Serguéi terminó contándoles a los dos abuelos lo del *team* jamón y su respuesta con el *team* vodka.

—Brindemos entonces con un buen chupito de vodka. ¡Como en tu tierra! —gritó Agustín entusiasmado.

—Seremos viejos, pero esta batalla requiere de inteligencia y ya sabes lo que dicen, *más sabe el diablo por viejo, que por diablo* —dijo animado Bartolo.

—Me gusta el refrán —espetó alegremente Serguéi mientras llenaba tres chupitos de vodka—. ¡Por los nuevos miembros del *team* vodka! —gritó alegremente mientras levantaba el vaso.

—¡Olé! —Raluca que había escuchado esto último, fue en dirección a los abuelos a los que había cogido cariño, y les dio un beso en la mejilla abrazando primero a Agustín y luego a Bartolo.

—Aprovecha, que es lo que vas a pillar de ella —rio Agustín—; porque la moza está ya pillada, me parece a mí. —Le dio un palmotazo amistoso a Serguéi, que se puso colorado.

—Ya, si tuviera treinta años menos, nos batiríamos en duelo. —Se carcajeó mirando al ruso.

—¿Espadas o pistolas? —respondió este, lo que hizo que las risas de todos llenaran en local.

Justo en ese momento, don Anselmo pasaba por la puerta del local y escuchó la conversación. Alertado, se santiguó varias veces, volvió a echar agua bendita en la entrada e inmediatamente después corría despavorido al Bar Manolo. Dentro vio que había gente, el alcalde y algunos vecinos desayunaban en una mesa en ambiente distendido y Rosario se encontraba en un rincón de la barra.

—Tenemos problemas —le dijo el cura sentándose al lado de ella.

—Shhh —le hizo un gesto con el dedo en la boca y con la mirada señaló hacia la mesa en la que estaba sentado Tomás.

Una vez se hubieron ido estos, Manolo se dirigió hacia donde estaba la pareja; no le gustaba el cariz que estaban tomando las cosas, pero no iba a permitir que su hijo, lo único que le quedaba, se echara a perder.

—Manolo, ponnos unas tostadas de jamón, que tenemos que hablar —ordenó Rosario y este le echó una mirada fulminante—. No seas así, que por algo somos el *team* jamón.

—Eso mismo —apoyó el párroco, salivando al pensar en los ricos jamones de Juviles que tenía Manolo.

—Cuenta, padre —animó Rosario al cura, con su típica pose de cotilla, mientras él soltaba el plato con fuerza delante de ellos.

Este les narró lo que había escuchado del *team* vodka y cómo Bartolo y Agustín se habían unido a ellos.

—Esos viejos verdes no me preocupan —sentenció Rosario.

Manolo no pensaba igual, además de que no le había gustado el comentario despectivo de esta. Conocía bien a la pareja de ancianos y sabía que listos eran un rato. «¿Quién le habría mandado meterse en este embrollo?», pensaba mientras la Redes Sociales no paraba de cotorrear.

El domingo llegó. Serguéi y Raluca tenían bien pensado su plan, mientras que Judith, que lo había escuchado todo preocupada, solo quería quedar con Alberto para contárselo y ver cómo podían parar toda esta locura que se iba a desatar.

Cuando don Anselmo entró en la iglesia con sus hábitos, alzó la vista y la paseó por todos los fieles allí presentes, su mirada se posó en el segundo banco de la parte izquierda, allí estaban Serguéi, Raluca, Judith, Bartolo y Agustín. Una oleada de miedo le invadió el cuerpo, no sabía cómo se había dejado enredar en todo esto.

El sermón estaba transcurriendo sin incidentes, hasta que el párroco llamó a un voluntario para leer la parte que tocaba de las sagradas escrituras. Serguéi se levantó decidido y fue al altar, mientras el cura miraba expectante.

—Mateo 25:35. —Don Anselmo lo miró, este no era el versículo que tenía preparado para hoy, empezó a darle vueltas a ver cuál era—: «Porque tuve hambre, y me disteis de comer; tuve sed, y me disteis de beber; fui forastero y me recibisteis». —Puso énfasis en esta última frase, el cura sabía que en las enseñanzas este versículo venía a significar que Jesús afirma que recibir a un extranjero es como recibirlo a él, y rechazarle es como rechazarle a él.

Cuando se sentó de nuevo en el banco, Raluca, Agustín y Bartolo lo miraron con una sonrisa cómplice. A Judith, aunque le había gustado la lectura, lo que no le gustó fue la verdadera intención, sabía que buscaba meter el dedo en la llaga de los del otro *team*. Unos minutos antes de que acabara la misa, Serguéi se fue para tener todo preparado una vez terminase el oficio.

COMIENZAN LAS HOSTILIDADES

—Alza tu cerveza, brinda por la libertad, bebe y vente de fiesta, el infierno es este bar —cantaban un montón de hippies arremolinados en la puerta de La Matrioska de Sergio junto a Bartolo y Aurelio.

Después de este estribillo una banda de músicos callejeros que había en el centro empezó a tocar la conocida canción de Mago de Oz, mientras todos bailaban alegremente.

Justo cuando la gente salía de la misa e iba directa a aquella algarabía, el *amigos para siempre, means you'll always be my friend* empezó a retumbar fuertemente. Este sonido salía del otro extremo de la plaza donde Manolo había montado un escenario donde un grupo tocaba versiones de rumba y flamenco.

El gentío parado en la puerta de la iglesia cuchicheaba, algunos fueron dirección a la barra del exterior del Bar Manolo, mientras otros iban a la terraza que había montado Serguéi en el suyo.

Ahora sí estaba el pueblo totalmente dividido: Manolo, Rosario y Alberto corrían para atender a la gente de la barra, Serguéi y Judith sudaban atendiendo las mesas y Raluca ponía las tapas ya preparadas y servía bebidas en la barra.

—Probad nuestras tapas patrias —gritaba Rosario, que había cogido el micro en el escenario improvisado—. La *bendición del lomo*, a la que el mismo párroco ha dado su aprobación —este le lanzó una mirada reprobatoria a la vez que devoraba una de estas— o las mismísimas *croquetas celestiales*.

Serguéi fue en busca de un chico que tenía un megáfono y se lo pidió prestado.

—Están mejor nuestras tapas exóticas —gritaba fuertemente emitiendo sonidos de sirena—: *pelmeni*[1] *picantes* y *ensaladilla de espionaje*.

La Redes Sociales le fulminó con la mirada mientras él sonreía.

La mañana fue agotadora para ambos bares, la clientela no paraba de consumir bebidas y tapas divertida por la música y el espectáculo de hostilidades que se lanzaban de un bar a otro.

La tarde siguió con los clientes ya contentos por la bebida, mientras en el Bar Manolo montaron un improvisado karaoke, en el que sonaban canciones de Rafael y el Fary.

—Me gustas mucho, me gustas mucho tú, tarde o temprano seré tuya, y mío tú serás —aullaba Rosario, mirando hacia la barra donde Alberto y Manolo no paraban de correr sirviendo a los clientes.

(1) Plato típico ruso que consiste en bolitas de carne envueltas en una masa de harina y huevo.

—Me van a reventar los tímpanos —reía Serguéi, mientras sacaba un altavoz a la calle y la clientela empezó a reír.

—Si parece una pelea de gatos —soltó Bartolo, que hizo que todos rieran más fuerte.

—Bueno, esta tarde es especial, así que en vez de poesía rusa vamos a tener algo de marcha —sonó fuerte la voz de Serguéi, que enchufó un micro al altavoz.

En ese momento empezó a sonar musiquilla balcánica, que se iba mezclando con sonidos de música electrónica. En un santiamén habían montado una mesa de DJ y uno de los clientes habituales de las tardes de café de Serguéi dio comienzo a una improvisada *rave*. Los clientes que estaban en las mesas empezaron bailar como poseídos, hasta Bartolo y Aurelio, que parecía que se habían quitado cincuenta años de encima.

La noche cayó sobre la plaza, en ambos bares la fiesta y la jarana seguía su curso, mientras Tomás en la puerta del ayuntamiento sonreía junto a su mujer.

—¿Ves como fue buena idea traer sangre nueva al pueblo?

—Ya, si el pueblo se está llenando de vida otra vez, eso no te lo niego, pero no te fíes de mi hermano Manolo, sabes que desde que pasó aquello y luego se fue su hijo a la capital, solo ha cosechado mala leche. Esto se te puede ir de las manos.

—Tranquila, cariño, estoy seguro de que sabrán parar a tiempo —aseguraba mientras miraba a Serguéi, que brindaba con chupitos de vodka con algunos clientes—, además ya mismo son las fiestas de la Virgen del Rosario.

—Por eso mismo te lo digo, Tomás.

—Tranquila, lo tengo todo pensado. —Una sonrisa se posó en su rostro.

Bien entrada la madrugada ambas fiestas se habían apagado, ya solo quedaban algunos sujetabarras en la zona del Bar Manolo, y algunos rezagados que apuraban sus copas en La Matrioska de Sergio mientras Bartolo y Agustín les contaban anécdotas de su juventud. Raluca le dijo a su hermana Judith que fuera a su casa a descansar y que ya se ocuparían ellos de cerrar.

La joven caminaba cansada para casa, pensando en cómo se había dado el día. No había dejado de correr sirviendo cervezas, tapas y copas; cuando podía miraba a Alberto, que estaba igual de atareado que ella. Sentía que cada día que pasaba su relación se iba afianzando, al contrario que entre el padre de él y Serguéi.

Inmersa en sus pensamientos y llegando a su casa le sonó el WhatsApp. *Nos vemos en el mirador, preciosa.* El mensaje estaba adornado con unos corazones que hicieron que se le subieran los colores y Judith sacó las pocas fuerzas que le quedaban para coger la calle que subía al mirador.

Cuando llegó allí, vio a Alberto sentado en una piedra en actitud pensativa. Mientras la luz de la luna bañaba su cuerpo, ella corrió hacia él y lo abrazó, acto seguido se fundieron en un caliente y largo beso.

—El día ha sido mortal —dijo Judith, estirándose entre los brazos de Alberto.

—La verdad es que sí —le respondió este con un bostezo de cansancio—; llevábamos mucho sin tener tanto jaleo. Por una parte, está bien, pero por otra no sé, esto se puede descontrolar.

—Ya, eso mismo venía pensando yo —afirmó la chica.

—Tengo una cosa pensada. —Alberto hizo una pausa—. Si sale bien auguro un buen futuro —dijo mirándole a los ojos y sin poder evitar besarla de nuevo.

Al día siguiente, Rosario y don Anselmo entraban en el Bar Manolo cansados por la fiesta del día anterior. Los dos se sentaron en unos taburetes junto a la barra y buscaron al dueño con la mirada.

—Buenos días, Manolo —saludó la Redes Sociales.

—Serán *pa ti* —espetó este saliendo de la cocina con cara de cansancio y arrastrando su cuerpo.

—Ponme un café con leche y una catalana.[2]

—Que sean dos iguales —secundó el cura.

—Os vais a quedar con las ganas —les respondió este.

—Tranquilo, que pago yo —dijo alegremente don Anselmo, sacando la cartera.

—No me habéis entendido —insistió Manolo sirviendo los cafés—; después de la fiesta de ayer, me he quedado sin jamones.

—¿Cómo va a ser eso? Un bar de Juviles sin jamón, ¡esto es de risa! —exclamó Rosario.

—¿Me lo dices o me lo cuentas? Esta mañana bien temprano llamé a Miguel, no tendré ni uno hasta la semana que viene.

—¿En serio? —grito el párroco ofuscado.

«Menos mal que tengo uno en casa», pensó aliviado.

---

(2) Así se llama a la tostada de aceite, tomate, jamón y queso en Granada.

—Bueno, pues de jamón cocido, aunque sea —soltó resignada Rosario.

—Ahora seremos el *team* jamón york —soltó don Anselmo con una sonora risotada.

Después de desayunar, don Anselmo se excusó asegurando que tenía muchas cosas que hacer y fue hacia la parroquia. Cuando pasaba por la terraza que Serguéi había montado, vio a Bartolo y Agustín desayunando unas tostadas de jamón y se quedó mirando un cartel en el que había escrito con tiza: *Oferta del día, café con leche y tostada de jamón, 3 euros*. En ese momento sacó su botella de agua bendita y disimuladamente empezó a esparcirla.

—Buenos días, padre —saludó Serguéi radiante—, si quiere una tostada de jamón está invitado. —El cura se asustó, ya que no lo esperaba.

—¡Vade retro! —empezó a gritar, corriendo hacia la parroquia y abrazando la cruz que llevaba al cuello, mientras Bartolo y Agustín no paraban de reír.

Serguéi se preguntaba qué había dicho; sabía que el cura estaba con el *team* jamón, pero se lo había ofrecido de buena fe, ya que el día anterior compró una decena de jamones pensando en la fiesta y todavía le quedaban algunos.

Ya había entrado bien la mañana cuando Tomás entró en el Bar Manolo.

—Buenas, ¿tienes tostadas todavía? —espetó mirando la hora.

El alcalde había tenido reunión para las fiestas patronales y la jornada se había alargado. Desde la llegada de Serguéi, Raluca y Judith el pueblo poco a poco se iba llenando de vida, así que tenían que darlo todo en estas fiestas.

—Mientras no me la pidas de jamón... —respondió este oscamente—, si es así tendrás que ir a los de los ruskitos —escupió esto último, ya que se había enterado de que tenían excedentes de sobra de pierna de marrano.

—Tranquilo —hizo un ademán intentando poner paz—, pónmela de paté.

Cuando Manolo entró en la cocina, Tomás empezó a darle vueltas a cómo le iba a contar lo que venía a decirle, no sabía cómo iba a reaccionar su cuñado. El alcalde había propuesto la idea de recuperar aquella tradición que se solía celebrar en las fiestas del pueblo y la propuesta había salido adelante con el apoyo de todos los concejales, pero a él le tocaba el marrón de comunicárselo a los dueños de los bares. Al momento, volvió Manolo con la tostada.

—Verás —empezó a decirle Tomás, nervioso.

—¿Qué pasa? —preguntó Manolo con su habitual simpatía.

—Vengo ahora del pleno y hemos decidido recuperar el tradicional concurso... —El tabernero no le dejó acabar la frase.

—¡No me jodas! —dijo en tono de guasa y empezó a reír cínicamente—. Ahora sí se va a cagar el Ruso.

Y el alcalde comenzó a temblar al escuchar la estridente risa de Manolo.

GUERRA SIN CUARTEL

Durante la siguiente semana continuaron las puyas entre los bares vecinos, cosa que provocaba la hilaridad de los vecinos, antes aburridos con la monotonía, además de atraer muchos turistas.

Manolo sorprendió con menús de dos platos, de primero *sopa de oso siberiano*, la cual explicaba como una receta ancestral cocinada durante doce largos inviernos y con toque especial de *lágrimas de cosaco*. Como segundo, *ensaladilla de nieve radiactiva*, la cual aseguraba que eran delicias del ártico con toque de Chernóbil, incluso decía que el plato brillaba en la oscuridad.

Serguéi, por su parte, no se quedó cruzado de brazos. De primero tenía *tortilla de patatas, sin patatas ni huevos*, haciendo especial énfasis en la última palabra. Este consistía en un plato minimalista acompañado de una explicación de quince minutos, haciendo las delicias de algunos turistas muy sibaritas que acudían al pueblo. De segundo, *cochinillo vegano al estilo de Segoviano*. Este plato triunfó entre los hippies que acudían de pueblos vecinos, ya que consistía en un lechón hecho de tofu. Al servirlo, el ruso exclamaba:

—No es cerdo, pero gruñe como uno. —Acto seguido imitaba el sonido de este animal, lo que provocaba las risas de los clientes.

Agustín y Bartolo reían sin parar, ya que sabían a quién se refería.

A estos platos siguieron otros como *vodka con sardinas* o *helado de chorizo con vodka*, a lo que Serguéi respondía con *croquetas de incienso y sermón, pipirrana con acento ruso* o el plato estrella de la semana: *chorizo al infierno, con salsa de arrepentimiento*.

Entre ambos bares también había una batalla musical, la cual convertía la plaza en una fiesta a diario. Mientras Manolo amenizaba al personal con canciones de Los Chichos, Los Calis o grupos más modernos como El Puchero del Hortelano, Serguéi respondía con un grupo de músicos callejeros compuesto por un acordeonista, un violinista y un trompetista. Estos cobraban en cerveza, vodka y comida. Rosario decía que solo les faltaba la cabra.

Por las noches se instaló un cine de verano en la plaza. El alcalde decidió que los dueños de los bares elegirían cada día una película distinta. La que escogió Manolo, aconsejado por la Redes Sociales y con la oposición de don Anselmo, fue *Jamón, jamón*; Serguéi contraatacó al día siguiente con *El acorazado Potemkin* y, antes de la proyección de la misma, dijo que era ideal para ver mientras se servía *sopa de oso siberiano*, lo que hizo enfurecer a Manolo.

A estas les siguieron películas clásicas del cine español como *La vaquilla* o *Bienvenido Mr. Marshall*, a las que Serguéi respondió con *Moscú no cree en lágrimas* o comedias rusas como *Operación Y y otras aventuras de Shúrik*.

La plaza se llenaba cada noche con las proyecciones. Tomás acudía orgulloso de volver a ver tanta vida en el pueblo, y aunque a su mujer le seguía preocupando cómo acabaría eso, él la tranquilizaba diciendo que la trifulca terminaría después de las fiestas.

La semana de las fiestas empezó con la guerra en su punto álgido, todo estaba preparado. El alcalde decidió que ambos darían el pregón, los dos se miraban en el escenario con el micro, al cual se acercó Manolo en primer lugar. La plaza estaba abarrotada.

—Queridos vecinos, amigos y clientes fieles del bar de toda la vida —dijo provocando los abucheos de la clientela de Serguéi que estaba allí presente—, hoy damos comienzo a nuestras fiestas patronales, como dios manda, con jamón, vino del terreno y música muy nuestra. —Hizo un gesto señalando a la terraza que tenía montada con grandes mesas, comida y bebida—. ¡Viva Juviles! ¡Viva la Santísima Virgen del Rosario! ¡Y viva el jamón de Juviles!

Los vecinos y clientes que lo apoyaban estallaron en un aplauso. Luego, Manolo entregó a Serguéi el micro en actitud desafiante, como si fuera una batalla de gallos.

—Ciudadanos de Juviles y camaradas del tapeo, hoy no solo inauguramos las fiestas patronales... —Rosario comenzó a abuchearlo, pero se quedó sola—, sino también la diversidad y la fusión. —Se puso la mano en el pecho y siguió hablando—. En mi país, las fiestas se celebran con nieve, osos y acordeones. Aquí, con jamón, procesiones y chismes. —Echó una mirada a Rosario, mientras Bartolo y Aurelio reían ante el gesto—. Me gusta, y hablo en nombre de Raluca y Judith al decir que nos sentimos agradecidos e incluso bendecidos... —miró a don Anselmo con una risa sarcástica en los labios, este bajo la mirada— por la acogida que nos habéis dado, sin saber de nuestro pasado o de la pesada carga que portamos. —Esta frase hizo que las lágrimas brotaran en más de uno de los asistentes—. Solo deseo que esta semana sea de paz y tapas compartidas. —Al decir esto tendió la mano a Manolo, pero él la rechazó—. Salud, libertad y que viva la Virgen del Rosario.

La plaza, al completo, con la excepción de Rosario, estalló en plausos y vítores; hasta don Anselmo, arrepentido por haberse dejado llevar, animaba con lágrimas en los ojos.

—¡Poco más se puede decir! —gritó el alcalde cogiendo posición en medio de los dos como si fuera un árbitro y ambos fueran unos boxeadores a punto de empezar un combate—. Quedan inauguradas las fiestas de la Virgen del Rosario, y decir que mañana a la una de la tarde tendrá lugar en esta misma plaza una de las tradiciones más antiguas de las mismas, la cual tenemos el orgullo de recuperar este año: nuestro concurso de croquetas, que este año bautizaremos como *croquetas sin fronteras*.

—¡Manolo ganará! —gritó Rosario.

—No estés tan segura... —le respondió Agustín, retándola.

El ambiente se estaba crispando.

—Tranquilos, haya calma. —Tomás intentó poner paz sonriendo como un jugador de póker que sabe que tiene las mejores cartas.

Acabado el discurso, Judith y Alberto se escabulleron

cada uno por un sitio de la plaza, aunque al abandonarla ambos se encontraron; cogidos de la mano caminaron en dirección al mirador, un lugar testigo de su historia de amor, pero iban tan embelesados que no se dieron cuenta de que Rosario los seguía.

Una vez en el lugar, dieron rienda suelta a su amor entre besos y caricias. La Redes Sociales, haciendo honor a su mote, sacó su móvil y les hizo una sesión de fotos; se las enseñaría a Manolo esperando que esto pudiera causarle un golpe de efecto.

Decidió que ya tenía bastante, así que se fue directa hacia el bar. Había llegado el momento. Cuando llegó a la plaza vio cómo el gentío se había repartido entre la terraza de La Matrioska de Sergio y la barra del Bar Manolo, donde este último corría como pollo sin cabeza.

Rosario se situó tras la barra y le echó una mano a Manolo, que no paraba de gruñir.

—¿Dónde c... se habrá metido?

Ella sonreía sabiendo a quién se refería y pensaba que una vez acabara la bulla le enseñaría las fotos.

—Tranquilo, yo te echaré una mano. —Le pasaba la mano por la espalda intentando tranquilizarlo.

Una hora después la gente seguía bebiendo y disfrutando mientras ambos no paraban de correr, entonces llegó Alberto y se puso a ayudar.

—¡Te has perdido en el mejor momento! —le gritó sarcástico su padre.

—Tenía una cosa que hacer —le respondió este sin alterarse, lo que provocó que Manolo se cabreara, y cuando fue a encararlo acudió Rosario.

—Él no tiene la culpa de estar en la edad del pavo, y de que esa pelandusca lo haya engañado —soltó ella con su lengua viperina.

Don Anselmo, que escuchaba todo, se dio cuenta de que aquella mujer no era lo que parecía y de que le había engañado.

—No faltes al respeto a Judith, ni hables sin saber —le gritó Alberto.

—Ah, ¿no? —respondió esta, retadora, enseñándole las fotos mientras su padre los escuchaba.

—Yo también podría contar lo que opinaba mi madre de ti, de la envidia que le tenías porque ella se casó con mi padre —soltó este entre lágrimas.

—Ahora mismo los dos fuera de aquí, ¡no quiero volver a veros! —gritó Manolo furioso.

—Pero... —intentó hablar la mujer girando el móvil para enseñarle la foto, pero Manolo, ante el recuerdo de su mujer que le había venido a la mente con las palabras de su hijo, cogió el teléfono y lo estrelló contra el suelo—. ¡Os acordaréis de esta! —los señaló, furiosa.

Una vez se hubo ido, padre e hijo se pusieron a trabajar hombro con hombro. Alberto sabía que desde la muerte de su madre su padre no había vuelto a ser el mismo, pero él tampoco se lo había puesto fácil, encerrándose en sí mismo y dejándolo solo en el pueblo. Sabía que tenían una conversación pendiente, esta sería después del concurso de croquetas.

Rosario llegó a su casa ciega de rabia, las cosas se habían ido de madre, pero tenía que acabarlas como fuera. Sabía que aquellos forasteros escondían algo raro y en ese momento solo pensaba en la venganza. Aunque seguía sintiendo algo por Manolo, él también era su objetivo. Iba a trazar un plan que empezaría al día siguiente en el concurso de croquetas.

CROQUETAS EXPLOSIVAS

El sol empezaba a calentar la plaza cuando don Anselmo salió de casa. En el centro de la plaza ya esperaban el alcalde y Osticudo, el único escritor del pueblo. Los tres formarían el jurado del concurso.

—Buenos días, don Anselmo. ¿Trajiste el agua bendita?

Era costumbre que el párroco bendijera las croquetas de los participantes. La pregunta hizo que el cura echase mano de la botella que siempre llevaba. Le quedaba poca, últimamente estaba gastando demasiada.

—Con esta bastará. —La dejó debajo de la mesa donde se pondrían los platos.

—Entonces, podemos ir a desayunar —exclamó el escritor— que, si no, a mí me va a dar un vahído. —Todos empezaron a reír.

—Vamos a lo de Serguéi —opinó Tomás—, que no sé si Manolo tendrá ya jamón, aunque para las croquetas más le vale. —A don Anselmo no le hacía ninguna gracia ir allí, el alcalde lo notó en su gesto—. ¿Qué te pasa, Anselmo? Parece que estás conforme. —Él le miro un poco avergonzado sin saber cómo abordar el tema.

—A ver cómo lo cuento —empezó a decir pensando en las palabras que elegiría—. Es por la noche de la inauguración. —Se puso muy colorado y Osticudo empezó a reír.

—¿Qué te pasa a ti ahora? —preguntó el alcalde sin entender nada.

—Que ya sé lo que pasa. La noche de la inauguración, Raluca hizo un espectáculo de *pole dance* y estoy casi seguro de que el párroco pensó lo que no era. —En cuanto soltó esto, su risa se hizo más fuerte y se le contagió al alcalde.

—¿*Pole dance*? —preguntó el cura avergonzado por su actuación de aquel día y todo lo que había generado—. ¿Qué es eso?

—Es un espectáculo que combina danza, acrobacia y fuerza sobre una barra vertical.

—Vayamos a desayunar a La Matrioska de Sergio, le debo unas disculpas —respondió el cura decidido.

Al entrar en el bar vieron la barra llena de clientes con su café o copa mañaneros, la mayoría con ambas cosas. Se sentaron en una mesa y al momento llegó Serguéi.

—Buenos días, Serguéi —saludó el alcalde haciendo énfasis en que se había aprendido su nombre.

—Buenos días a todos —saludó alegremente, aunque extrañado de ver al cura allí—. Ya te aprendiste mi nombre, Tomás, ahora debemos cambiarlo en el cartel —bromeó y todos empezaron a reír menos el párroco—. Por cierto, don Anselmo, espero que me haya bendecido hoy también el bar, me trae buena suerte. —Riñó a este.

—De eso quería hablarte, creo que os debo una disculpa. ¿Está Raluca?

El párroco relató la confusión que se generó el primer día, también contó cómo Rosario lo lio todo y hasta incluso les narró lo que había pasado cuando Manolo le reventó el móvil a la mujer. Todos rieron ante esto.

—Entonces, ¿hoy no hay agua bendita para el bar? —rio Raluca, que no había escuchado a Serguéi haciendo antes el mismo comentario.

—Dejé la botella en el escenario, pero luego si queréis vengo.

—Yo os puedo ofrecer una cabra, y unas velas negras para otro tipo de ritual —soltó el escritor de repente y el cura le lanzó una mirada cortante—. Lo siento, padre, a veces suelto las cosas según me vienen.

—A mí tampoco me ha hecho gracia —espetó Serguéi, serio—. Yo soy muy creyente, aunque en mi país practicaba la religión ortodoxa; la diferencia más notable con la católica es que nosotros no reconocemos al papa, pero la fe es la misma.

Después de esta explicación y con todo el embrollo solucionado, don Anselmo empezó a ver a los nuevos vecinos del pueblo con buenos ojos.

Una vez hubieron desayunado, el párroco salió del bar; mientras el alcalde y el escritor se entretenían hablando con Aurelio y Bartolo, le pareció ver cómo alguien corría desde el escenario hasta la calle contigua. Era una mujer, de eso estaba seguro, pero no la pudo reconocer, ya que llevaba gafas de sol y una gorra.

La plaza se fue llenando poco a poco de gente, todos

expectantes por el concurso que llevaba tantos años sin celebrarse. Los tres miembros del jurado esperaban también que llegara la hora del inicio, el alcalde miró su reloj Casio e hizo un gesto de asentimiento. Delante de ellos tenían los dos platos con croquetas, el párroco cogió la botella de agua bendita, apenas le quedaba, pero sería suficiente, la esparció en ambos platos y una vez se santiguó se dispuso a coger una.

—¡Espera! —gritó el alcalde—. Qué cabeza la mía, hay un tercer participante —Su mujer le dio una fiambrera que este colocó en la mesa.

Esto provocó un murmullo, así como las caras de asombro de Serguéi y Manolo, que asistían en primera fila.

—Necesito entonces más agua bendita —señaló el cura enseñando la botella vacía—. Ahora mismo vuelvo. —Corrió hacia la iglesia.

—Como siga así la cosa, se va a quedar sin existencias —apuntilló el escritor, lo que provocó las risas de parte del público, aunque otros lo miraban mal, entre ellos Serguéi—. Lo siento, siempre me pasa igual —se excusó.

Una vez volvió el párroco, bendijo las croquetas restantes y ya todo estaba en orden. Cada uno se colocó ante uno de los platos, que la mujer se había encargado de colocar de nuevo con el tercer participante, ya que el concurso era a ciegas. Entonces, don Anselmo hizo los honores y cogió una del plato que tenía delante.

—Deliciosa —exclamó mientras la saboreaba; era una mezcla entre salado y dulce, nunca había probado una tan buena, no sabía si sería la de Serguéi o la del concursante misterioso.

—Muy buena —exclamó Tomás mientras probaba la suya.

Era una receta típica con jamón de Juviles. «¿Por qué cambiar algo cuando funciona?», pensó. No sabía si sería la de Manolo o la de Serguéi, que se habría atrevido con esta receta típica. Lo que sí tenía claro es que no era el tercer participante, puesto que lo conocía bastante bien.

—¡Espectacular! —gritó el escritor que acto seguido cogió otra más.

En la vida había probado nada igual, pero le tocaba catar otras para poder puntuar. Dudaba que la superaran.

Y entonces sucedió algo inesperado. De repente, el alcalde y el cura se agarraron a la vez fuertemente la barriga. La cara se les puso blanca y empezaron a sudar, la gente comenzó a gritar horrorizada sin saber qué estaba ocurriendo. El escritor miraba incrédulo la escena, el caos se adueñó del público y Serguéi y Manolo se encararon.

—¡Has intentado sabotear mi plato, maldito ruso! —escupió Manolo cerca de la cara de Serguéi.

—¡Yo no he sido! Lo que pasa que tu ego no te deja ver que los dos podemos convivir en paz con nuestro negocio —respondió Serguéi a quien no le sentó nada bien que le dijera esto y se lanzó a por él tirándolo al suelo.

La gente se abrió en un corro viendo cómo Manolo tenía al ruso en el suelo y lo golpeaba mientras este no se defendía. Mientras tanto, en el escenario, el cura y el alcalde tenían muy mala cara y no paraban de retorcerse.

COMIENZAN LAS FIESTAS

Tomás el alcalde salió corriendo como pudo del escenario, agarrándose fuertemente la barriga, y don Anselmo le dijo algo al escritor al oído antes de hacer lo mismo que el alcalde.

Osticudo saltó como una exhalación para frenar los golpes de Manolo a Serguéi, mientras este aguantaba estoicamente; el escritor saltó con tal fuerza hacia Manolo que lo apartó tirándolo al suelo. El ruso, con la cara llena de sangre, aprovechó entonces para levantarse y Bartolo fue a ayudarle a mantenerse en pie.

—Te ha *dejao* la cara como el niño que come moras —comentó Aurelio, que llegaba al lado de ellos—. Has hecho bien en no entrar en su juego —le dijo ya algo más serio a Serguéi.

El escritor logró sujetar a Manolo con la ayuda de algunos vecinos y, una vez lo tuvieron bien sujeto para que no la liara de nuevo, se subió al escenario y cogió el micrófono.

—Antes de irse don Anselmo con mucha urgencia como hemos visto... —La mayoría suponía lo que había pasado, tenía pinta de que habían echado laxante en los platos que probaron el alcalde y el párroco, así que muchos empezaron a reír ante la situación—. Un poco de calma, por favor —intentó captar la atención de todos—, como os iba diciendo, antes de irse me dijo que esta mañana vio cómo alguien salía del escenario corriendo, cuando salíamos de desayunar. No pudo ver quién era porque llevaba gorra y gafas de sol, pero está seguro de que era una mujer. —El silencio se hizo en la plaza ante esta revelación, Manolo sabía ya quién había sido, esa arpía sería el blanco de sus iras—. La única explicación de que yo no me esté yendo por la pata abajo —soltó mordazmente Osticudo, provocando algunas risas— es que esta mañana antes de irnos el párroco dejó aquí la botella de agua bendita. Cuando el alcalde sacó el tercer plato y ya no quedaba de la misma, intuyo que sería donde se vertió el laxante.

—Elemental, mi querido Watson —soltó riendo alguien entre el público.

—Esto es algo muy serio, porque, aunque solo sea un ataque de diarrea, la cosa podía haber sido muy diferente.

—¡Esa zorra se va a enterar! —gritó Manolo.

—No saquemos conclusiones precipitadas —respondió el escritor a este comentario intentando calmar los ánimos.

—Qué c... conclusiones, ha sido la arpía de Rosario, *la Redes Sociales* —voceó este más fuerte, soltándose de los vecinos que lo sujetaban, yéndose de la plaza.

Al final, tal y como Osticudo había intuido, todo quedó en un ataque de diarrea, que tuvo tanto al alcalde como al párroco dando paseos al retrete a vaciar las tripas durante casi todo el día.

Cuando Alberto y Judith llegaron a la plaza y vieron la cara de Serguéi, estos no pudieron evitar mirarlo imaginándose la escena. El chico, después de despedirse de ellos y tratar de disculpar a su padre, fue a echar una mano a este en el bar, algo más tranquilo después de aquel incidente. Pronto empezaría la bulla. La chica fue con su hermana Raluca a la cocina a ayudarla con las tapas, mientras Serguéi atendía la barra.

—*Pui*[1] —Judith sabía que cuando su hermana usaba este apodo, tocaba conversación incómoda—, me alegra un montón de que te vaya bien con Alberto. —Se sonrojó—. No sé dónde habéis estado hoy durante el concurso. —Se quedó en silencio esperando que esta respondiera.

—Solo te puedo decir que no hemos tenido nada que ver con el ataque de diarrea —soltó esquivando el tema, ya que todavía era pronto para hablar de lo que estaban planeando ella y Alberto.

Raluca intuyó que no le iba a sacar nada más, así que desistió.

—¿Cómo van mis chicas? —comentó contento Serguéi entrando en la cocina, con la cara llena de apósitos después de la sesión de enfermería que le había hecho Raluca.

—Muy bien, Raskólnikov —respondió esta haciendo alusión al protagonista de *Crimen y castigo*—. Por cierto, ya mismo necesitaré una nueva lectura. —Le guiñó un ojo

(1) Apodo cariñoso que en rumano significa *pollito*.

y Serguéi se puso colorado al pensar en lo que le había prometido.

—Necesito un poquito de ayuda, esto se está llenando —respondió el ruso para cambiar el tema, ya que estaba Judith delante. Cuando estuviera la cosa formalizada, le daría igual, pero ahora mismo prefería ser discreto.

Por primera vez en mucho tiempo, aquel día, el primero de las fiestas, transcurrió en total tranquilidad, aunque Manolo, algo arrepentido por su ataque de ira hacia Serguéi, no hacía más que esperar el momento de encontrarse con Rosario para decirle cuatro cosas, pero esta no apareció.

La plaza estaba adornada con banderines, había puestos de turrones, tómbolas y deliciosos churros; en una explanada contigua había montado un colchón hinchable y un baby para los más pequeños, así como los autos de choque o la rana, atracciones por las que se movían los adolescentes.

El alcalde, algo más recuperado de su ataque de diarrea, paseaba orgulloso con su mujer del brazo. Al ver la buena acogida que estaba teniendo este año la feria, pensó otra vez que había sido buena idea contar con los nuevos vecinos. Recordaba cuando le llamó el delegado de la Junta de Andalucía para comentarle lo de acoger en su pueblo a unos testigos protegidos. Tomás, además de enternecerse por la historia que habían vivido, lo vio como una oportunidad de devolverle al pueblo su antigua vida.

La fiesta se alargó hasta bien entrada la madrugada. Serguéi le dijo a Judith que se fuera a descansar, echando este un vistazo a la barra de Manolo, la cual estaba ya más tranquila, y sabiendo que esta quedaría con Alberto. A pesar de sus reticencias iniciales, le enternecía la relación de ambos. Eso le hizo pensar en sí mismo. Nunca pensó que después de todo lo que había hecho en el pasado se mereciera ser feliz. En ese instante lo era, es más, hasta hacía poco no se había planteado una vida más allá que la de servir a su *pakhan*.[2] En unos días, si Raluca decidía aceptarlo, estaba seguro de que conocería la felicidad en estado puro. Pensaba en ello mirando cómo Judith se iba por el callejón y, entonces, alguien le abrazó por la espalda.

—Que sepas que me da igual tu pesada carga —le susurró con sensual voz Raluca—. Ya sé por qué me recomendaste el libro, aunque me queda un poquito para terminarlo, lo que sí estoy segura es de que tú, al contrario que Raskólnikov, te arrepientes de lo que hiciste. —Le dio un mordisco en el lóbulo antes de soltarlo y volver al trabajo—. Y también sé que antes del final de las fiestas tú y yo bailaremos como pareja oficialmente. —El ruso se quedó pasmado ante esta revelación, mirando la figura de Raluca que se perdía dentro del bar.

Alberto vio como Judith abandonaba el bar de Serguéi. Todo estaba más tranquilo, así que le dijo a su padre que se iba a dar una vuelta antes de dormir. Este no se opuso, aunque sabía de la relación de su hijo con la chica, solo esperaba limar asperezas con él. Al fin y al cabo, su hijo era lo único que tenía, y si estando con ella Alberto se quedaba en el pueblo, tampoco estaría mal aquella relación. Gracias a esos pensamientos, el hombre se sorprendió sonriendo por primera vez en mucho tiempo.

(2) El jefe supremo de un clan, el equivalente al don de la mafia italiana.

El chico ya corría hacia el callejón cuando pasó al lado del puesto de los churros. Allí estaba el escritor, que era asiduo a este cada vez que lo montaban en la plaza, ya fuera en las fiestas o los días de mercadillo. Alberto se paró delante de él.

—Osticudo, quería darte las gracias por mediar entre mi padre y Serguéi hoy en la plaza. —Este lo miro con un churro en la mano.

—No ha sido nada, solo hice lo que tenía que hacer, ahora la pelota está en vuestro tejado —le guiñó un ojo y se giró para seguir con su chocolate.

Este no le respondió, sino que siguió su camino hacia el mirador para su cita diaria con Judith. «Era astuto, el escritor, los había pillado rápido, y eso que lo llevaban todo en secreto», pensó el joven. Solo esperaba que la cosa saliera bien, que todo no se torciera y que acabara bien como había sucedido por la mañana en la plaza.

Judith le esperaba preciosa como siempre, aunque a la luz de la luna lo era mucho más. Su corazón latía desbocado cada vez que estaba con ella. Este se acercó y ambos se fundieron en un abrazo que dio paso a besos ardientes y caricias sutiles.

—Cariño —se puso colorado al decírselo, todavía llevaban un par de días probando a ver qué mote cariñoso se ponían—, tengo que contarte una cosa —le dijo este muy serio.

—No me asustes... —respondió ella.

—Tranquila, es algo que llevo tiempo dándole vueltas, y creo que ha llegado el momento de contártelo —Ambos se sentaron mirándose a los ojos y Judith apretó fuertemente a Alberto de la mano para insuflarle fuerza—. Hace un par de años yo vivía muy feliz soñando con que algún día heredaría el bar de mi padre, tanto mi madre como él se desvivían trabajando para sacar la familia adelante y eran un ejemplo para mí. Por aquel entonces mi padre no es que fuera la alegría de la huerta, pero era mucho más cariñoso. —Hizo una pausa para tragar un nudo que se le estaba haciendo y la chica lo abrazó—. Un día mi madre se puso enferma —sus ojos empezaron a notarse más acuosos al acordarse de este duro momento—, y después de varias pruebas le detectaron un cáncer de colon. —Las lágrimas empezaron a recorrer su rostro—. En ese momento empezaron los viajes semanales a la capital para las sesiones de quimioterapia. —Tenía la voz rota, Judith le besó las lágrimas tiernamente—. Fueron nueve meses muy duros en los que mi padre y yo veíamos cómo ella se iba apagando poco a poco, y nos encerrábamos en nosotros mismos. Mi madre era nuestro pilar y sentíamos que todo se estaba viniendo abajo. Después de su muerte solo éramos dos almas en pena, que no nos aguantábamos, siempre acabábamos discutiendo, nuestra relación se volvió muy tensa, así que decidí poner tierra de por medio e irme estudiar a Granada. Cada vez que volvía en vacaciones las cosas seguían igual, pensaba que lo mío con mi padre estaba roto, hasta que te conocí. Tu amor me da fuerzas para seguir adelante e intentar arreglar las cosas con mi padre.

—Ya verás como al final todo sale bien —le dijo esta cariñosamente, mientras lo abrazaba, todavía impresionada por aquellas palabras—. Alberto, ha llegado el momento de que te cuente yo también mi historia.

—De acuerdo —le dijo algo más calmado.

—Eso sí, es *top secret* —le advirtió ella.

—No seréis testigos protegidos de una mafia o algo por el estilo, ¿no? —Empezó a sonreír, pero cuando vio la cara seria de Judith se dio cuenta de que no iba tan desencaminado. Entonces tuvo miedo pensando en lo que podrían haber pasado.

No obstante, justo cuando iba a empezar a contarle la historia sonó el móvil de Judith; ella lo miró extrañada porque era su amiga Vane y se suponía que no debía llamarla hasta que todo se solucionara. Tuvo un mal presentimiento y se apartó de Alberto para poder responder aquella llamada inesperada.

—¡Vane! Hola... ¿cómo estás? ¿Va todo bien? —preguntó intrigada, aunque contenta de hablar con su amiga—. ¡No me jodas! —gritó asustada.

Minutos después colgó el teléfono y se quedó parada, parecía petrificada. Alberto fue a su lado asustado porque no se movía.

—¿Qué te pasa? —soltó alarmado, mientras intentaba hacerla reaccionar.

—Tenemos que bajar al pueblo ya, tengo que hablar con Serguéi y mi hermana urgentemente. Alberto, estamos en peligro.

NARCOS, JAMONES Y BARRICADAS

Tenía la cabeza embotada, le iba a reventar, y el estómago revuelto por aquella maldita carretera de curvas. Además, el último pericazo que se había metido no le había sentado nada bien, pero las ansias de venganza habían podido con ella. No había podido localizar a Rafa ni a Dani, y al pensar en este último tuvo la sensación de que por su culpa estaba en esa situación. «Si no me lo hubiera encontrado aquel día en aquella maldita playa de Cádiz...», pensó. Pero sobre todo deseaba destripar a aquella maldita hija de la gran chingada de Vane. «No saben con quién se metieron, bola de mensos», se dijo a sí misma.

—Patrona, ya solo quedan quince kilómetros según el GPS.

El copiloto no paraba de mover el móvil por el coche en la mano intentando buscar cobertura, ya que solo se veía el mensaje de conexión perdida.

—Hace media hora eran veinte —escupió la mexicana con rabia.

—Lo siento, la cobertura va y viene.

Un par de horas antes, en la plaza del pueblo, el alcalde

subió apresuradamente al escenario. Solo quedaban algunos rezagados que apuraban sus copas y los más valientes las acompañaban mojando churros en ellas.

—¡Juvileños! —levantó la voz—. Ahora mismo quedamos pocos en la plaza, pero el pueblo está en una situación grave... —Serguéi, que estaba parado detrás de él, le dijo algo al oído y se adelantó.

—Estimados vecinos —cuando este empezó a hablar, Raluca y Judith se colocaron a su lado—, tenemos que contaros algo—. Hizo una pausa y se puso serio, pero Raluca cogió el micrófono.

—Os vamos contar esto desde el principio, aunque el tiempo apremia. —Poco a poco los vecinos se fueron congregando, don Anselmo el cura, Bartolo y Aurelio, e incluso Manolo, se acercaron con curiosidad—. Hace cosa de un año mi hermana y yo vivíamos felices en nuestro pueblo en Rumanía, un día llegaron unos hombres que nos ofrecieron una vida mejor, nosotras, ante la esperanza de mejorar el bienestar de nuestras familias, aceptamos. —Se le hizo un nudo en la garganta y entonces su hermana Judith le relevó.

—Al final resultó que se trataba de una mafia que buscaban chicas a las que secuestrar. —Manolo abrazó fuertemente a su hijo—. Nos llevaron hasta España en un contenedor de barco, y una vez llegamos yo conseguí escapar y busqué ayuda para rescatar a mi hermana y a las demás chicas.

—No voy a entrar en detalles en lo ocurrido en la casa en la que estuvimos secuestradas —Raluca habló también armándose de valor—, pero este hombretón que veis aquí

—señaló a Serguéi— fue mi salvador aparte de la Policía, que acudió con mi hermana, pero esa historia queda para otro día. Ahora necesitamos vuestra ayuda.

Los juvileños allí reunidos, emocionados por la historia de sus nuevos vecinos, empezaron a gritar lemas como *Cuando Juviles habla, la montaña escucha* y *Todos somos Juviles*, muy envalentonados, hasta que la Redes Sociales llegó a la plaza.

—¡Que no os engañen! ¡No debéis confiar en ese maldito ruso! —empezó a gritar, pero tuvo que salir corriendo ya que Manolo fue hacia ella, abordándola.

—¡Maldita arpía! Que no te vuelva a ver por este pueblo.

Serguéi agradeció el gesto de Manolo, con quien había mantenido una rivalidad hasta ahora. Pero comprendió que debía ser sincero con los lugareños que les habían acogido.

—Tengo que terminar de contaros la historia. Como bien iba a decir Rosario, yo pertenecía a la *bratva*, la mafia rusa —se escucharon murmullos en la plaza—, pero la luz que vi en los ojos de esta bella mujer hizo que tratase de redimirme. Afortunadamente, soy otro hombre.

Tras esas palabras, los juvileños gritaron y aplaudieron de emoción, momento que Raluca aprovechó para darle un beso a Serguéi que le dejó sin aliento, lo que provocó que la gente aplaudiera más fuerte y empezaran a silbar.

Dicho esto, Tomás, don Anselmo, Osticudo, Agustín y Bartolo, las *K-popers* serranitas al completo, seguidas de Alberto y Manolo subieron al escenario.

—Contad con nosotras —gritaron el grupo de chicas en primer lugar.

—Y con mi ayuda —secundó el alcalde.

—También con este par de ancianos —siguieron Aurelio y Bartolo.

—Y con Dios, que está de nuestra parte —voceó el párroco, portando la botella de agua bendita con el brazo alzado a modo de espada.

Manolo se acercó serio a Serguéi. Llevaba algo agarrado en el brazo y le dio un fuerte abrazo al ruso que hizo que todo el mundo gritara de emoción.

—Contad conmigo y con mi jamón —gritó este levantando la pata de guarro que a saber de dónde la había cogido.

Por su parte, el escritor se acercó al micrófono, mientras el tabernero lo observaba con los ojos llenos de emoción y con una sonrisa en los labios, sabiendo que iba a soltar una de las suyas.

—Por descontado, podéis contar conmigo... —La gente empezó a reír ante la rima consonante del mismo—. ¡Y con mi churro! —Levantó el que tenía en la mano provocando las carcajadas más fuertes de los asistentes.

Mientras tanto, Rosario, que huyó del lugar, empezaba sentirse amenazada; sabía que cuando descubrieran lo que había hecho la repudiarían, pero ya no había vuelta atrás. Llegó a su casa y volvió a marcar el teléfono. *El número al que llama está apagado o fuera de cobertura*, se escuchaba al otro lado. Y cayó al suelo llorando ante lo que había hecho porque había quien se acercaba peligrosamente al pueblo.

—Cinco kilómetros, patrona —informó el copiloto del coche.

El móvil de María Juana empezó a sonar con mensajes de llamadas perdidas, el número era el de la mujer que le dio la información. No sabe cómo llego a ella, pero fue como un rayo de luz.

Todo comenzó aquel día, la transportaban a uno de los tantos juicios a los que sería sometida, resignada, pensaba. Llevaba ya unas semanas en prisión y estaba rabiosa por la forma en que se había dejado coger, por cómo perdió la cabeza por el maldito Dani. Aquella mañana, el vehículo en el que viajaba frenó bruscamente, se escucharon disparos y ella torció la boca en una sonrisa malévola. Se abrieron las puertas del vehículo y vio aparecer al Chapito.

—¿Me echaba de menos, patrona? —soltó este sarcásticamente mientras la liberaba—. Tenemos a una buena escuadra de hombres que he reunido para escapar cuanto antes.

—Gracias, mi leal chamaco —abrazó a este—, pero todavía tengo cuentas pendientes.

—Si se refiere a los azules que la detuvieron, no hemos podido localizarlos; se han esfumado, pero podemos volver en cualquier momento a por ellos.

—No queda otra... —pensó resignada, ya que lo primero era salvar su cuello; ya se encargaría de ellos.

En ese momento apareció otro hombre y le dio un teléfono.

—Esto le puede interesar, patrona. —Esta cogió el móvil.

—¿Aló? —saludó.

—¿Hablo con María Juana? —preguntó una voz de mujer.

—¿Se puede saber qué quiere, hija de la gran chingada? ¿Y quién diantres le dio este número? —preguntó malhumorada.

—Tengo una información que le puede interesar —sonó al rato la voz, temerosa.

—Hable, pues —respondió la mexicana cambiando el gesto.

—No le voy a decir mi nombre por precaución; solo que en mi pueblo, Juviles, hace un tiempo que llegaron un ruso y dos chicas rumanas que seguramente esté buscando. —Esta vez sonó firme.

—Gracias por la información —una sonrisa se posó en su boca—; será recompensada.

—Solo le pido que, haga lo que haga, no toque a Manolo, el dueño del bar del pueblo.

—Tranquila, solo me interesan esos tres, me los llevaré sin armar revuelo; se lo prometo. Si me dice su nombre la buscaré para darle una recompensa cuando vaya.

—Soy Rosario —respondió con fuerza.

—Encantada, pronto nos veremos. —Colgó el teléfono—. ¡Rápido! Todos a los coches —mandó apresurada—. Si hace falta haremos arder ese maldito pueblo y torturaremos a esos malditos hasta que me digan dónde están esos malditos pitufos, y luego los desollaremos —gritó con rabia mientras jugaba con el machete que le había dado el Chapito.

Entretanto, en el pueblo, la plaza estaba aparentemente desierta. Todos los habitantes habían cogido posiciones. En tiempo récord idearon un plan para echar a los invasores que querían tomar su pueblo y cada uno tenía su cometido en el plan: Serguéi estaba escondido debajo del escenario; Manolo, detrás de la barra que tenía en la puerta de su bar con el jamón en una mano; Osticudo, que junto al ruso habían ideado el plan, acompañaba a don Anselmo. Ellos serían la primera línea de resistencia.

Pero antes de llegar al pueblo les tenían otra sorpresa preparada.

GUERRA SIN CUARTEL

—Patrona, ya solo quedan cinco kilómetros —informó el Chapito desde la parte delantera del vehículo que abría el convoy que se dirigía a Juviles.

Una sonrisa maquiavélica se posó en el rostro de María Juana; solo de pensar en la venganza que iba a llevar a cabo, su estómago se lo agradecía. Sin embargo, en ese momento, el coche dio un volantazo y todo paso muy rápido; la mexicana vio cómo se acercaron peligrosamente al borde la estrecha carretera, entonces el miedo se adueñó de su cuerpo al ver por la ventanilla trasera la caída que había desde la misma, aunque en el último momento el conductor pudo tomar el control del coche.

—¿Qué mierda ha pasado? —gritó colérica.

—Lo siento, unas ovejas salieron de repente por el camino.

La mexicana vio cómo un rebaño de bovinos cruzaba tranquilamente la carretera cortando el paso de los coches que iban detrás de ellos.

—¿Los esperamos? —preguntó el Chapito.

—Sigue adelante, ya nos pillarán —respondió María Juana cabreada; tenía muchas ganas de llegar.

Los siguientes kilómetros se le hicieron eternos hasta que por fin rebasaron la señal que daba la bienvenida al pueblo. María Juana iba jugando con su cuchillo pensando en cómo torturaría a Serguéi, a Raluca y a la amiga de aquella zorra que le quitó lo que era suyo, cuando un frenazo hizo que se le cayera el filero haciéndole un corte en la mano.

—¡Joder! —gritó—. Vas a tener que volver a la autoescuela —escupió chupando la sangre del corte.

—Lo siento, patrona —se excusó el conductor—, pero no podemos avanzar.

Esta hizo un gesto para mirar por la ventanilla delantera y vio que había un montón de gente cortando la calle; parecía una manifestación.

—¡Dejad el coche! —espetó autoritariamente mientras se bajaba del mismo, echó un vistazo hacia atrás, pero los demás coches no habían llegado todavía, con rabia se dirigió al gentío seguida de sus hombres.

Según se iban acercando, la masa de gente avanzaba lentamente cortando la calle; la mexicana intentó abrirse paso, pero un ejército de abuelas que iban las últimas se lo impedían.

—Un respeto a la Virgen del Rosario —le gritaba una sin dejarla pasar.

—Esta juventud no respeta nada —le respondió la que tenía al lado, que se cogió del brazo de esta aminorando la marcha todavía más.

—¿Qué mierda os creéis, hijas de la gran chingada?

—gritó María Juana fuera de sí, quitándole el arma a uno de sus hombres—. Ahora mismo me dejáis paso o se va a liar aquí una masacre.

—Shhh —le regañó otra señora.

La mexicana empezó a pegar tiros al aire, loca de rabia, pero nadie cedía, estaba totalmente enfurecida, hasta que se abrió un pasillo entre la gente de detrás del trono de la virgen y apareció un hombre portando un cirial que se acercaba lentamente a ellos seguido del párroco.

—Buenos días, soy Osticudo —se presentó el escritor, apoyando el cirial sobre el pie de María Juana haciendo que esta pegase un fuerte grito—. Perdón —dijo mientras se reía por dentro.

—¿Qué es eso tan urgente que tenéis que hacer para interrumpir así la procesión de la santísima Virgen del Rosario? —preguntó autoritariamente el cura.

La mexicana, al ver que estaban en minoría, pensó fríamente. Por mucho que se liara a tiros, la muchedumbre los reducirían y se acabaría todo.

—Nada, padre, solo queríamos llegar a la plaza —respondió esta, resignada.

—Pues tendrán que esperar, así que respeten las tradiciones.

Don Anselmo volvió hacia su posición delantera seguido del escritor, mientras la gente cerraba el paso de nuevo.

Mas de media hora tardaron en recorrer los apenas quinientos metros de calle que les separaban, hasta el callejón que daba a la plaza, no solo por el lento paso de la procesión en la que iban en la cola, sino porque la misma se iba parando cuando el párroco leía algún versículo de la Biblia, haciendo que su lectura sonase en toda la calle desde un altavoz.

En esos momentos, María Juana no hacía otra cosa que exasperarse y mirar hacia atrás por si veía llegar a sus hombres, pero nadie aparecía. Sin embargo, cuando por fin llegaron al callejón, pudieron cruzarlo corriendo y todos se detuvieron en la plaza, que estaba desierta. Ella y sus hombres miraron hacia La Matrioska de Sergio, pero estaba cerrado.

—¿Qué hacemos, patrona? —preguntó el Chapito esperando órdenes.

—Déjame pensar... —respondió Maria Juana mientras se encendía un nevadito.[1]

—Órale —gritó uno de los hombres—, ¿qué es eso que tiene tan buena pinta —señaló hacia unos platos de croquetas que había colocadas en una mesa en el centro de la plaza.

—Traigo un hambre de perro —respondió el Chapito salivando mientras se dirigía a los platos, gesto que imitaron los demás hombres mientras María Juana daba una fuerte calada, ensimismada pensando en cómo actuar.

El ejército con el que habían salido se había reducido a ella y a los tres hombres que la acompañaban en el coche; cuando los miró para empezar a dar órdenes vio como comían vorazmente unas croquetas.

—Pero ¿qué hacéis? —gritó colérica; todo le estaba saliendo mal.

---

(1) Cigarro mezclado con cocaína.

—Estaba que me llevaba la fregada del hambre[2] —respondió el Chapito con la boca llena, escupiendo parte de lo que tenía en la boca al hablar.

—¡Venid ahora mismo acá! —sentenció la mexicana.

Resignados, sus hombres le hicieron caso, no sin antes llenarse la mano de este rico plato y colocándose al lado de ella mientras todavía comían.

—Híjole, me duele la panza —dijo uno de los hombres dejando caer una croqueta.

—Si es que no hacéis más que zampar... —aseveró María Juana.

—Yo también ando bien torcido del estómago —exclamó el Chapito echándose mano a la barriga.

—Me está dando el mal del puerco... —respondió otro que buscaba con la mirada algún sitio donde poder desahogarse.

Los tres guardias corrían buscando un lugar donde hacer de vientre y María Juana se quedó sola en el centro de la plaza; no le gustaba nada el cariz que estaba cogiendo la situación.

—¿Qué buscas tú aquí, zorra? —sonó la voz de Serguéi mientras salía de su bar.

—¿Así que ahí estabas escondido? —respondió la mexicana con malicia.

—Yo no necesito esconderme de una escoria como tú. —El ruso se acercaba a ella crujiéndose las manos.

—Vas a ser el primero —empuñó el cuchillo en dirección a este.

---

(2) Expresión mexicana para decir que estaba muerto de hambre.

Serguéi estaba apenas a unos metros de ella, se midieron con las miradas, esperando a ver quién de los dos daba el primer paso, cuando un grito los sacó del ensimismamiento en el que estaban metidos.

—¡Fuera de aquí, escoria! —Osticudo corría por el callejón empuñando el cirial, con fuego en su mirada.

—¡No os queremos en nuestro pueblo! —sonó Manolo, detrás de la mexicana y corriendo hacia ella jamón en mano—. Si te metes con un juvileño, el pueblo responde —le advirtió ciego de rabia corriendo hacia ella.

Esta no se lo pensó y al verse en minoría huyó corriendo por la única calle que vio para escapar. «Joder —pensó—, todo se está yendo al carajo y ahora ando sola, encerrada como una rata en este pueblucho de mala muerte.» Tenía que idear algo rápido y, entonces, encontró un escondite donde refugiarse y sacó su teléfono. No había otra opción; era la única bala que le quedaba en el cargador, así que, resignada, marcó el número.

EL RAPTO

Le gente se empezó a arremolinar en la plaza, la alegría se palpaba en el ambiente. Habían encerrado a los hombres de María Juana en los lavabos portátiles instalados para las fiestas, mientras que los que se habían quedado rezagados por el paso del rebaño de Cristóbal ya habían sido detenidos por la Guardia Civil, avisada de la visita de estos al pueblo. Solo quedaba saber el paradero de la mexicana. Pero Serguéi, también en la plaza con Raluca, estaba preocupado porque sabía lo peligrosa que era, y que cuando se viera acorralada sería como un tigre herido, moriría matando. Raluca, que lo abrazaba, empezó a buscar con la mirada.

—¿Dónde está Judith? —preguntó él alarmado.

—Tampoco veo a Alberto —exclamó preocupado Manolo.

El pánico cundió rápido en los allí presentes, nadie los había visto; el ruso y Manolo no paraban de buscar mientras soltaban injurias, poniéndose en lo peor, cuando Rosario apareció en la plaza. Todos se alarmaron por el reguero de sangre que le salía de la cabeza manchándole la cara.

—¡Tú! —gritó Manolo corriendo hacia ella—. ¿Qué

has hecho? —escupía sulfurado cada vez más cerca de ella, mientras esta miraba al mesonero con miedo.

Don Anselmo se interpuso en su camino cuando este levantaba ya la mano en la que portaba su arma.

—No seas borrico —le dijo el párroco a Manolo—. El jamón no tiene culpa. —Puso la mano entre él y Rosario—. ¿Qué haces aquí? —preguntó serio a la Redes Sociales.

—Lo siento. —Fue lo único que pudo decir—. Esa loca me llamó, pero no le cogí el teléfono.

—¿Cómo que te llamó? —Serguéi la fulminó con la mirada—. ¡Tú le dijiste que estábamos aquí! —gritó corriendo hacia ella.

Osticudo corrió para ponerse en medio de los dos, mientras el párroco hacía lo posible para retener a Manolo y a su jamón.

—Sé dónde se ha llevado a Judith y a Alberto. —En ese momento los dos se quedaron parados—. La vi pasar hecha una furia por mi ventana, así que salí a encararla. —Lo que no les contó es que le dijo dónde estaban y después le reclamó su recompensa y esta le dio un golpe en la cabeza y la dejó inconsciente—. Están en el mirador.

Tras aquella confesión, Serguéi y Manolo decidieron ir juntos a rescatarlos. Rosario los seguía y los demás se quedaron en la plaza a la espera de la Guardia Civil.

Al llegar vieron a Alberto sentado en una de las piedras del mirador, maniatado y amordazado. Un hilillo de sangre le caía por la cara, no paraba de moverse inquieto viendo cómo Judith permanecía apresada en la piedra contigua, también amordazada. María Juana estaba delante de ella con un cuchillo en la mano.

—¡Hija de la gran chingada! —Se acercó a la chica y paseó la punta del cuchillo por su cara, el miedo se le notaba en los ojos—. Si valoras tu vida, me dirás dónde esa lagartona de tu amiga Vane y esos puercos.[1] —Una vez dijo esto le bajó la mordaza.

—No lo sé —le escupió—, pero si lo supiera no te lo diría.

—Ah ¿no? —Esta empezó a pasear el arma por su brazo haciendo aparecer un hilillo de sangre—. Pues lo siento mucho, pero te voy a desollar hasta que me lo digas, y lo voy a disfrutar un montón.

En ese momento, Serguéi llegó como una exhalación y, sin pensarlo, se lanzó a por ella. La mexicana reaccionó en el último momento con una finta, y cuando el ruso pasó a su lado le asestó una puñalada. Él cayó al suelo y trató de taponarse la herida, pero la mancha de sangre cada vez era más grande.

—¡Maldita seas! —gritó Judith—. ¡Déjalo en paz! —consiguió decir entre lágrimas.

—¿Qué me vas a hacer? —le preguntó María Juana con una risa maléfica, poniéndose a apenas unos metros de ella—. ¡Ya me he cansado de juegos! —Levantó el cuchillo.

—¡Espera! —soltó Rosario entrando en escena.

—¿Qué quieres tú? Ah, sí, tu recompensa por vender a esta escoria; conténtate con que no te mate. —Rio con sorna—. Y ahora no te metas o de lo contrario serás la siguiente. —Se giró de nuevo hacia Judith, sin darse cuenta

(1) Término despectivo con el que se refieren los cárteles mexicanos a la Policía.

de que mientras hablaba con Rosario alguien más había entrado en escena—. Ahora sí voy a acabar contigo, ¡maldita buscona! —escupió ciega de rabia.

—¡Que te has creído tú que vas a tocar a mi yerna!

María Juana se giró hacia donde provenía aquella voz, y vio cómo un jamón volaba a gran velocidad hacia ella. Pero no tuvo tiempo de reaccionar. La pierna de porcino impactó en su cabeza haciendo que cayera al suelo desmayada.

EPÍLOGO

Después de lo acontecido, la Guardia Civil detuvo a María Juana y a sus hombres. Por suerte, la herida de Serguéi no era tan grave como parecía al principio, nada que no pudiera curar Raluca, su enfermera personal, aunque el ruso no iba a estar para muchos meneos en un tiempo. Al final, Rosario dejó el pueblo llena de vergüenza por lo que había hecho y Tomás decidió algo que alegró a los lugareños.

—Queridos vecinos, hemos decidido seguir adelante con la celebración de las fiestas patronales —comunicó al pueblo, subido en el escenario.

El mismo al que Serguéi y Manolo se subirían y en el que, tras verse cara a cara, se darían la mano.

—¿Enterramos el hacha de guerra? —preguntó Manolo, decidido.

—¡Hecho! —respondió el ruso.

—Aunque mis croquetas ganaran —rio este.

—Oh, no... —contestó Serguéi, riendo los dos.

—Un momento, vamos a desvelar el ganador del concurso de croquetas. —Osticudo se acercó con el sobre que entregó al alcalde—. Como siempre, el agraciado será nombrado rey o reina de las fiestas e inaugurará esta noche el baile en honor a la Virgen del Rosario. —Tomás abrió el sobre y se quedó mirando el nombre del ganador, una sonrisa se dibujó en su cara mientras todo el pueblo esperaba expectante—. Este año, como situación especial, hay dos ganadores. —Serguéi y Manolo se echaron una mirada cómplice pensando que al final todo quedaría en empate—. Son Judith y Alberto, que ambos eran el tercer concursante misterioso.

La gente empezó a aplaudir mientras la pareja subía al escenario. El ruso y Manolo empezaron a reír ante la lección que les acababan de dar aquellos jóvenes y los chicos los abrazaron. Tras aquel gesto, Alberto se acercó al micrófono.

—Tengo que decir algo —Judith estaba junto a él—: gracias a esta chica y a su amor he vuelto a encontrar mi camino. —Una lágrima se le escapó, su padre se acercó, abrazándole—. Sé que es difícil tratar conmigo últimamente.

—Yo tampoco te lo he puesto fácil, hijo, además de que me costó superar lo de tu madre; tenía miedo de perderte —le respondió Manolo, cariñosamente.

—Tranquilo, papá, no me voy a volver a ir —dijo a la vez que besaba a Judith y el público empezó a aplaudir y a silbar—. Un momento, hay algo importante que quiero decir. —Los asistentes se quedaron en silencio y la chica le cogió de la mano—. Hemos participado en el concurso para acabar con esta absurda rivalidad. —Miró a su padre y a Serguéi, que estaban avergonzados—. Y porque hemos tenido la idea de fusionar los dos bares para ofrecer con lo mejor de cada uno.

Y el público estalló en vítores. Serguéi y Manolo se miraron pensando que aquellos jóvenes habían tenido más sentido común que ellos.

Una vez bailaron los flamantes reyes de las fiestas, todo el mundo les siguió; Raluca buscó a Serguéi y, con mucho cuidado al estar herido, empezaron a bailar la bonita melodía que sonaba.

—¿Sabes qué, señor Serguéi? A partir de hoy vas a ser mío para siempre. —Y selló sus palabras con un caliente beso—. Ya me terminé el libro y comprendí la pesada carga que portas; algún día, cuando estés preparado, me la contarás. Eso sí, al contrario de lo que pensaba Raskólnikov sobre sí mismo, puedo asegurar que tú eres un gran hombre. Sé que tienes un gran corazón y que te arrepientes de lo que fuera que hicieras.

Y, entonces, él la besó de nuevo.